2022年のモスクワで、反戦を訴える

マリーナ・オフシャンニコワ
武隈喜一・片岡 静 訳

KODANSHA

日本の読者の皆さんへ

このたび日本で私の本の訳書が出ることをまことに嬉しく、名誉に思っています。本書を通じて、今ロシアでは何が起こっているか、その実情を広く知ってもらいたいと思っています。

自由な選挙と言論の自由は、民主主義によってもたらされた最も重要な成果です。しかし私たちは、ロシアの社会が民主主義体制から権威主義体制へ、そして全体主義体制へと移っていくのを残念ながら見過ごしてしまいました。私たちは自分の国を失ってしまったのです。今、全世界が民主主義のため、自由な選挙のため、言論の自由のために闘うことは非常に重要です。全体主義体制とは闘わなければいけません。

ロシアの社会は政権によって完全に抑圧されています。どこに行っても、連邦保安庁、警察などの治安機関が見張っています。プーチン政権に反対することを一言でも口にすれば、人生が一瞬で台無しにされてしまいます。まずは、職場をクビになり、その後は罰金が科せられます。それでも反対し続ければ、最終的に刑務所に入ることになります。ウクライナとの戦争が始まった時には、何万人ものロシア人が街頭に出て抗議し、そのうちの二万人以上が拘束されました。その後、虚偽の情報に関する法律や軍隊の信用を貶《おとし》める活動に関する法律が採択され、街頭に出て反対することが事実上、不可能となりました。

今のロシアでプーチン政権に反対することは、かつてのドイツでヒトラーに反対すること、イタリアでムッソリーニに反対すること、カンボジアでポル・ポトに反対すること、また他の独裁者に反対することと同じです。

プーチン政権のすべての政敵は、今では皆、刑務所にいるか、国外追放されています。さらには殺害されています。まず、ボリス・ネムツォフがモスクワのど真ん中で、クレムリンの目の前で背中を撃たれました。次は、アレクセイ・ナヴァリヌイの番でした。最初は、連邦保安庁の諜報員がナヴァリヌイを毒物ノヴィチョクで殺そうとしましたが、ナヴァリヌイは生き残りました。その後、こじつけの判決で刑務所に入れられました。ナヴァリヌイは三年間にわたり刑務所でいじめられ、そのうち三〇〇日以上を懲罰房で過ごしました。彼が健康を損ねた時にも医者の診察は許されず、結局、北極圏にある収容所、現代の「グラーグ」に送られました。ナヴァリヌイがプーチン政権とウクライナとの戦争について真実を語り続けていたからです。ナヴァリヌイの死とその支持者の国外追放の後、ロシア人が街頭での抗議に出るよう団結させられる勢力が、ロシアには残念ながらもう存在しません。どの抗議も警察によって一瞬で止められてしまいます。

連邦保安庁と治安機関がロシアの社会を完全にコントロールしているので、この三月の選挙でプーチンが再選されることはわかりきっています。プーチン政権はさらに長年続くことになるでしょう。プーチンが望みさえすれば、支持率は八〇%にでも九五%にでもなります。しかし実際には、彼を支持していない人は非常に多い。今、ロシアの反政権派のおもな目的は、国際社会がロシアの大統領選の結果を認めないようにすることです。

プーチンが政権を握っている限り、ウクライナとの戦争が続くでしょう。今ロシア国内のプーチンの権力はかなり安定しているように見えます。なぜかというと、プロパガンダと政治的な弾圧の恐怖にもとづいているからです。命を危険にさらし、抗議のために街頭に出ることを恐れないのは、本当の命知らずだけです。唯一期待できるとすれば、「宮廷クーデター」、プーチン周辺のエリートの分裂でしょう。ロシアの役人は欧米で不動産を購入したり、高級リゾートで休暇を過ごしたり、子供を世界のトップクラスの大学に通わせたりすることに慣れています。しかし、制裁の影響下にある現在、彼らはそれができなくなってしまい、不満は日に日に高まっています。

プーチン政権の後、ロシアは民主主義と自由の道に戻ることができると信じています。しかし、新しい市民社会の構築には長い年月がかかるでしょう。ロシアではあらゆる分野における大規模な改革が必要になるでしょう。ロシアとウクライナの友好関係を復活させることが、ロシアにとっての一番重要な課題になります。

プーチンが蒔いた敵意が私たちの子供と孫の世代に受け継がれないことを祈っています。私たちは、今ここ、ヨーロッパで子供たちに寛容と相互理解を教えています。私の娘は、キエフから西欧に、戦争から逃れてきたウクライナの女の子と親友になりました。子供の間には攻撃的な態度と憎しみがなくて本当によかったと思います。これは希望を与えてくれます。

多くのジャーナリストが言うように、私の行為は「ロシアン・ルーレット」のようなものでした。非常に危険な賭けをし、持っていたものをすべて失いましたが、誠実な魂を保つことができました。今は生き残って、刑務所に入らずに済んで、本当によかったと毎朝神に感謝しています。何よりも、自由でいられること、娘と一緒にいられることが本当に幸せです。娘がいなければ、生きる意味が見出せなかったでしょう。息子を抱きしめられないことがとても残念ですが、そのうち、息子もわかってくれる日がくることを願っています。

二〇二四年二月

マリーナ・オフシャンニコワ

目次

2022年のモスクワで、反戦を訴える

1　抗議は自殺と同じようなものだ

――二〇二二年三月一四日、モスクワ

「スリー、ツー、ワン……　はい、MC！」副調整室からディレクターが叫んだ。声は緊張していたが、しっかりしている。彼はこんなオンエアを一〇〇〇回もこなしていた。わたしの目の前はモニターの壁だ。

「こんばんは。『ヴレーミャ』[1]の時間です。エカチェリーナ・アンドレーエワ[2]がお伝えします」

今日の彼女はブラック・ジャケットだ。その下には赤いハートの描かれた白いTシャツを着ている。戦争開始から毎日オンエアで同じようなTシャツを着ている。新しい毎日、新しいTシャツと新しいハート。隠された意味でもあるのかと、みんな謎解きに夢中だ。でも誰も余計な質問はしない。

テレプロンプターの上に文字が走る。アンドレーエワは一つ一つ言葉をはっきりと発音した。

「今日の主な出来事です。民間人が攻撃を受けました。ウクライナ民族主義者[3]側から

の砲撃によって、ドネツク[4]では子供を含む数十人が死亡しました。マリウポリ[5]の包囲が解かれ、市民の集団避難が始まりました。市民はネオナチ[6]に事実上人質となっていました。
勇敢な戦闘行為に対して一一人の軍人にメダルが授与されました。特別軍事作戦での際立った貢献に対するものです」

時計は二一時一分。あと一時間ほどで終わりだ。今日の仕事は片付く。MCの後ろの広々としたニュースルームには記者たちがいる。カメラが引きで撮ると、彼らは集中してコンピューターの画面を見ているように見える。オンエアをチェックしているか、ニュースをモニターしているのだと視聴者は思うだろう。実際にはこの時、彼らはネットショッピングをしたり、ホテルを予約したり、夜の渋滞を迂回して早く帰れる道を探しているのだ。MCのアンドレーエワには外の音は届かない。MC席は高いガラスのパーティションで仕切られているからだ。

MCから七メートルほど離れたところには警察官が一人、椅子に座って暇そうに携帯をいじっている。ニュースルームの外にはあと二つ警備ポイントがある。第一チャンネル[7]の自前のセキュリティが三人、黒い制服を着て退屈そうにあたりを見まわしていた。全職員の顔を知っているくせに、どのみち毎回通行証を見せろと言うのだ。テレビセンターの周りには有刺鉄線のついた塀があり、二重の警備線がある。

国際ニュース部の小さな部屋で、わたしは集中しようとしていた。国連安保理ウクライナ問題会合のオンライン中継を聞いていた。わたしの前にはモニターが何台かあって、ロイターやスカイニュース、ユーロビジョンの映像を流していた。そこには戦争があった。そこには破壊されたウクライナの町、地に横たわって動かない数々の体、うち続く爆発、それに途切れることのない難民の波といった恐ろしい映像があった。第一チャンネルはこうした映像素材にアクセスする契約をしているので、自由に使うことができる。しかしロシア国防省や連邦保安庁[8]（ＦＳＢ）からの映像と自局の特派員が撮影したものだけを使っていた[9]。わたしたちの最大の課題は、パラレルな現実を作り出し、この戦争がドンバス市民の解放作戦であるかのように見せることだった。

生のニュース読みまであと数分という時に内線連絡のベルが鳴った。

「マリーナ……、ネベンジャの演説は編集のやり直しだ。アメリカ人ジャーナリストの殺害に触れた部分を入れるんだ」番組のチーフディレクターが大声で叫んだ。

ワシーリイ・ネベンジャはロシアの国連大使だ。ジャーナリストのブレント・ルノーがイルペンで、ロシア側ではなくウクライナ側の弾丸によって殺害された、とネベンジャは表明したばかりだった。これは至急オンエアに乗せる必要がある。膨大な量の情報の中から、反ウクライナの役目を果たすものならなんでも、念には念を入れて引っ張り出すのだ。

編集室に走った。ニュースルームのドアの上に赤いランプが点滅している。オンエア・ゾーンへ立ち入りできるのは特別な電子通行証を持っている者だけだ。わたしの通行証はまさにそれだった。

「ネベンジャをやり直すわよ。この言葉からね。急いで」編集マンを急《せ》き立てた。項目表に目を走らせた。ウクライナの項目はもうすぐ終わってしまう。時間がない。

わたしは全速力で自分の部屋に飛び込むと白いジャケットをひっつかんだ。その袖のところには紙が丸めて隠してある。ニュースルームに入るとそれを引っ張り出し、一挙にMC台に上がった。数十の照明がわたしの目を射た。

「欧米の制裁の影響緩和について……」アンドレーエワは淡々とニュースを読んでいた。

「戦争反対！　戦争をやめろ！」わたしは叫び、MCの後ろで大きな紙を広げた。自分の声とは思えなかった。

アンドレーエワは悠然とそのままプロンプターを読み続けた。「政府会議ではアクセスの維持について話し合われ……」

別のカメラの映像がオンエアされているのに気づいた。左のカメラのタリーランプが点いている。つまりオンエアではこの紙はMCの陰になって映っていない。わたしは視聴者が文字を読めるように、左に一歩動いた。

〈NO WAR 戦争をやめろ。プロパガンダを信じるな。ここではあなたたちは騙さ

れている。ロシア人は戦争に反対だ〉

　目の端に、モニターに映る自分の姿がチラリと見えたが、すぐに別の映像に切り替わった。これは副調整室でディレクターが気づいて、スタジオ内の出来事を隠すためにVTRリポートを走らせたのだ。わたしの抗議はわずか六秒だけだった。

　膝がガクガクしたまま出口に歩いた。金髪の女性警察官が驚いたように睫毛《まつげ》をパチパチさせ、押し黙ってわたしのほうを見ていた。ニュースルームを抜け、紙は階段の下のコピー機の脇に投げ捨てた。こちらに向かって第一チャンネル報道局の幹部がそろって廊下を歩いてきた。

「きみだな」これが最初の質問だった。局次長の顔は引きつり、眉は上がっていた。

「はい、わたしです」否定しても無駄だ。

　キリル・クレイミョノフ[10]報道局長は、わたしの答えを聞くと、不意に後ろを向き、一言も発せずに行ってしまった。

「わたしのオフィスに来なさい」局次長のアレクセイが言った。

　見た目には人のよさそうなこの人は、長年NTV[11]のロンドン特派員だった。アレクセイのだだっ広いオフィスに入った。

「水は？」とアレクセイがきいた。

　差し出されたコップを取った。両手が震えている。やっとのことで二口三口飲み込んだ。ドアが開いて警察官が一人、ほとんど音もたてずにオフィスに入ってきた。影のように一言も発しないまま、ドアのところで直立不動の姿勢を取った。

「仲間をまずい立場に追い込んだことはわかってるだろう」注意深くアレクセイが言った。

「これはわたしの個人的な判断です。同僚は無関係です」

「仲間といざこざでもあるのかね？」

「とんでもありません。わたしは人づきあいがいいし、波風は立てないタイプです」

「じゃあ、親戚がウクライナにいるとか」

「はい。従妹が二人ウクライナにいます。幸い安全なところです。個人的な動機は詮索しないでいただけませんか。従妹とは連絡をとっていませんし、もうかれこれ二〇年、ウクライナには行っていません。わたしはただ戦争に反対しただけです。この戦争は二一世紀でいちばんおぞましい犯罪だと思っています」

「できればきみとは違った状況で会いたかったね……。だが他の方法はない。自己都合退職願を書いてくれ」アレクセイ局次長は話をそうまとめた。

　弁護士が立ち会っていなかったので、それは拒否した。するとアレクセイは、せめて釈明書だけでも書いてくれと言った。

　わたしは二、三行の文章を書いた。

「わたくし、マリーナ・ウラジーミロヴナ[12]・オフシャンニコワは第一チャンネルのインフォメーション・ポリシーに同意しません。わたくしはロシアが開始したこの戦争をもっとも卑劣で恐ろしい犯罪だと考えています。あなたがたもいずれハーグ国際裁判所の被告席に着くことになるでしょう！」

上司に釈明書を手渡した。自分の大胆さに自分でも驚いた。刑法には数日前にフェイクニュースについての新しい条文が追加されていた。わたしはオンエアでの反戦活動の罪で懲役一五年の刑に処される可能性があった。

警察官がオフィスからわたしを連れ出した。ドアの外には数人の警察官と第一チャンネルの警備員たちがいた。みんな恐怖に満ちた目でわたしを見ていた。

「荷物を取ってこなきゃ」わたしは制服の人たちに言った。

わたしはガラスのパーティションが並ぶ広い廊下を連れていかれた。幹部の部屋に入った。中には一〇人ほどが座っていた。その顔には恐怖と動揺が浮かんでいた。エリート関連部署ガラントテレビの二人の顔もあった。この関連部署はプーチン大統領とクレムリン高官のためだけに仕事をしている。もっとも経験豊かで、もっとも身元の確かな人間だけが働いている。国営放送はどこでもこういう関連部署を持っている。ガラントテレビという名前は非公式で、大統領は憲法の基本的な保証人（ガラント）である、というロシア憲法から取られていた。ウラジーミル・プーチン[13]が権力の座にあり続けるために、ロシア憲法はすでに二回も改正されていた。

同僚たちは、どうやらすぐには帰らせてもらえないようだと気づき始めていた。取調官は徹夜で訊問するだろう。生放送はもうやらなくなるだろう。今後ニュース番組は時間差のディレイで放送されることになるだろう。

わたしは荷物を取って出口に向かった。

ホワイトボードに大きな字で上層部からのお達しが書いてあった。

〈これは「戦争」ではなく、「特別軍事作戦」だ〉

1 ヴレーミャ　ロシアを代表する夜のニュース番組。ソ連時代から続く。現在は午後九時から二〇分間だが、しばしば放送が延長される。ロシア政府の意向に沿った内容で、典型的なプロパガンダ放送となっている。

2 エカチェリーナ・アンドレーエワ　一九九七年から『ヴレーミャ』の進行を務めるロシアの著名なニュースキャスター。

3 ウクライナ民族主義者　ウクライナの兵士や戦闘員を指す。ロシア側が用いる一種の蔑称。

4 ドネツク　ウクライナ東部ドネツク州の中心都市。二〇一四年から親ロシア派武装勢力が実効支配。ウクライナ侵攻後、ロシアはドネツク州全域の「併合」を宣言している。

5 マリウポリ　ウクライナ東部ドネツク州のアゾフ海に面した港町。二〇一四年以降、親ロシア派武装勢力の攻撃対象となり、ウクライナ侵攻で包囲戦の末、ロシアに占領された。

6 ネオナチ　ここでは、ウクライナ・ゼレンスキー政権に対するロシア・プーチン政権からの呼び名。ロシアは第二次世界大戦でソ連がナチス・ドイツから欧州を解放したとの認識に基づき、ナチスを絶対的な悪とみなす。

7 第一チャンネル　一九九五年設立のテレビ局。政府系資本が過半を超える実質的な国営放送。クレムリンのプロパガンダ機関とされている。ウクライナ侵攻以後、EUが域内での放送ライセンスを剥奪。モスクワ北部のオスタンキノにテレビセンターがある。

8 連邦保安庁（FSB） ロシアの諜報機関。国境警備、対外諜報、政治家や反体制派の監視を含めた秘密警察の役割を担う。起源はロシア革命後に創設された「反革命・サボタージュ取締全ロシア非常委員会」。ソ連時代の内務人民委員部（NKVD）や国家保安委員会（KGB）などを経て現在の形となった。

9 ドンバス市民 ここではウクライナ東部ドンバス地域のロシア系住民やロシア語話者らを指す。

10 キリル・クレイミョノフ 第一チャンネル副社長兼報道局長。長く『ヴレーミャ』のMCを務めた。ウクライナ侵攻以後は、EUの制裁対象。

11 NTV 一九九三年に設立された非政府系のテレビ局。九〇年代には「言論の自由」の中心にあるメディアだったが、二〇〇〇年、オーナーが捕らえられ、株式の半数が国営企業ガスプロムに移ったことで、政府系メディアとなった。これに抗議して三〇〇人の社員がNTVを去り、プーチンのメディア支配の端緒となった。

12 ウラジーミロヴナ ウラジーミロヴナはオフシャンニコワの父称（父親の名に基づく呼び名）。ロシアなどでは敬意を込める場合や公的な場では、名前と父称を組み合わせて呼ぶ。

13 ウラジーミル・プーチン 一九五二年、レニングラード（現サンクトペテルブルク）生まれ。レニングラード大学法学部卒。諜報機関KGBのスパイとして東ドイツ・ドレスデンに駐在。サンクトペテルブルク第一副市長などを経て、モスクワの大統領府に勤務。FSB長官、首相を経て二〇〇〇年に大統領選で当選。憲法の多選禁止を受けて〇八～一二年に首相に退き、一二年に再び大統領に就く。二四年に五選。

なお、本書内で二種類の地名記載があるウクライナの都市（括弧内はロシア語に基づく）は次の通り。

首都キーウ（キエフ）、オデーサ（オデッサ）、ミコライウ（ニコラエフ）、ハルキウ（ハリコフ）

2　誰のために働いているのか？

二人の警察官がピタリと脇についたまま、わたしはテレビセンターの長い廊下を歩いて行った。ちょうどこの頃、わたしの反戦抗議の映像は世界の主要なテレビで流れていた。何百人もがSNSに感謝の言葉を書いてくれた。あとで聞いたところだと、テレビ局のあるオスタンキノにはモスクワ中から記者や弁護士が駆けつけていた。その中には感謝のしるしとしてわたしに渡そうと、白い薔薇の花束を持った男性もいたそうだ。

テレビセンターの一階にある警察分署に入った。中は大騒ぎだった。ひっきりなしに電話が鳴っていた。私服警官が次々とやってきた。だが、誰もわたしには注意を払っていなかった。チャンスだった。一刻も無駄にはできない。見つからないようにバッグから携帯を取り出し、SNSを開き、自宅で録画しておいたビデオメッセージを投稿した。

「ウクライナでいま起きていることは犯罪です。ロシアは侵略国です。この犯罪の責任はただ一人の人物にあります。ウラジーミル・プーチンです。

わたしの父親はウクライナ人、母親はロシア人です。二人は敵同士になったことはありません。わたしが身に着けているロシア、ウクライナ両国旗の色のネックレスは、二つの兄弟民族が和解するために、ロシアがこのきょうだい殺しの戦争を即刻中止しなければならないという象徴です。

残念ながら、わたしは第一チャンネルでこの数年働いてきました。クレムリンのプロパガンダに従事してきました。いま、わたしはそれを恥じています。テレビ画面からウソを流してきたことを恥じています。ロシア人をゾンビ化してきたことを恥じています。

すべてが始まった二〇一四年、[1]わたしたちは沈黙していました。クレムリンがアレクセイ・ナヴァリヌイ[2]に毒を使ったときも集会に出ませんでした。わたしたちはこの非人間的体制を黙って見ているだけでした。いま全世界がわたしたちに背を向けています。この先、一〇世代を経ようとも、子孫たちはこの兄弟殺しの戦争の汚名を拭い去ることはできないでしょう。

思慮深く賢明なロシア人であるわれわれ、わたしたちの力だけがこの狂気を止めることができるのです。集会に参加しましょう。何も恐れずに。わたしたちを一人残らず刑務所に叩き込むことはできないのですから」

動画の読み込みに時間がかかった。まわりを見まわした。警備員の一人がじっとこちらを見ているのに気づいた。本能的に体が縮こまった。

「マリーナ、大丈夫？　弁護士はいるの？」元同僚からのメッセージが携帯の画面に表示された。プーチンがドンバスでの戦争を始めた時、ロシア国営テレビを辞め、反体制派ミハイル・ホドルコフスキー[3]のチームに入った女性だ。彼女に動画を送った。

「マリーナ、どこにいるんだ？」第一チャンネルのワシントン特派員だったイーゴリ・リスキンからのメッセージだ。リスキンはもうだいぶ前から家族と一緒にアメリカに住んでいる。

「オスタンキノの警察署」急いで書いた。万が一の時のためにリスキンにも動画を送った。

「携帯をさっさと切りなさい！」男の声が聞こえた。目を上げると黒いファイルを脇に抱えた背の低い男がいた。

「なんであんなことをやったんだ。一人でやったのか。それとも手助けした者がいるのか？」

洗いざらい真実を話した。一人でやった。わたしがオンエアに出ていこうと考えたことは誰も知らない。戦争が始まった時、わたしは激しく動揺した。食事も水も喉を通らず、眠ることもできなかった。モスクワ中心部のマネージ広場に行った。でも警察が抗議者を根こそぎ捕まえて警察車両に押し込んでいるのを目撃した。その時わたしは、わたしならもっと効果的な抗議ができるはずだと考えた。休みの日に近所の文房具店にクルマを飛ばし、厚紙とマーカーを買い、家に帰って食卓の上でスローガンを書いた。その後すぐにビデオメッセージを録画した。最初はニュースルームの中にとどまろうと思っていた。でも直前に考えを変え、MCの後ろに立とうと決めた。『ヴレーミャ』の時間帯にスタジオの警備が交代したからだ。一日中警備についていた二メートルもあるゴリラのような男の警察官が、可愛い少女のような警察官に代わり、その人は携帯にのめり込んだ。これはチャンスだと思った。こんなことはできっこないと九〇パーセント思っていた。スタジオに駆け込むなんて無理だ、最後の瞬間に膝が震えるか、チーフディレクターがわたしをフレームの外に出すだろう、と。

警察署には次から次へと人が来た。さまざまな治安機関の係官だったが、皆同じ質問をした。

「なぜスローガンは英語だったのか？」

「英語で書いたのは、西側の人たちに、ロシア人が戦争に反対していることを示すためです。ロシア人はこんな戦争を望んでいません。この戦争を必要としているのは一人ウラジーミル・プーチンだけです。権力を握っていたいからです。プロパガンダによってゾンビ化されているロシア人には、できるだけ簡単に『あなたたちはここで騙されている！』とロシア語で書いたのです。このプロパガンダに乗らず、オルタナティブな情報源を探してもらいたいと思ったのです。比較し、分析してもらいたかったのです」

わたしは一瞬黙った。壁の時計の針は深夜を指そうとしていた。捜査官たちは報告書に何か熱心に書き込んでいた。

「弁護士を呼びたいので電話をさせてください」と要求した。

弁護士と面会したいなら自分たちと一緒に別の場所に来るように、と言われた。言い争っても無駄だ。テレビセンターの裏口から出て警察車両に乗り込んだ。右手の窓越しにオスタンキノのテレビ塔がカラフルな照明を浴びていた。左手には高層ビル群が高くそびえていた。

「どこへ連れて行くんです？」と用心深く聞いた。同行者たちは黙っていた。クルマは暗い路地に入り、しばらくすると外部から見えないように高い塀で目隠しされた灰色の二階建ての建物のところでブレーキをかけた。正面の白い看板には赤い字で〈全ロシア・エキスポセンター警察署〉と書かれていた。

「この並木道は何度も歩いたけど、エキスポセンターの公園に警察署があるとは思ってもみなかった」わたしは言った。

建物に入った。当直の他は人っ子一人いなかった。

「弁護士はどこ？」書類が山のように積んである小さい部屋を見まわしてきいた。答えはなかった。捜査官はドアをしっかり閉め、穏やかな声で、自分は過激派対策センターの者だと説明し始めた。

「これは取り調べですか？　せめて息子に電話させてください。息子は心配しています。いつもなら、もうだいぶ前に家に着いている時刻ですから」

「これは取り調べじゃありません。友好的に話をしたいだけです」友達に対するような微笑みを浮かべて過激派対策センターの男は言った。「ほら、何もメモしてないでしょう。なんであんなことをしたのか知りたいだけなんです。誰に頼まれたんです？」

「わたしの良心です。わたしは大人ですから決断はすべて自分で下します。もう一度言いますが、これはわたしの個人的な選択です。これ以上黙っていることはできません。この二〇年、プーチンはロシアの独立系メディアを全部潰しました。ＮＴＶの解体に始まってテレビ局ドーシチ[4]、ラジオ局モスクワ・エコー[5]を潰し、いまではロシアには反対派メディアは残っていません。テレビ局はすべて国家の手の中です。マイダンの後、ウクライナはクレムリンの一番の敵になりました。国営メディアは八年間、あらゆる手立てを使ってウクライナ人を人でなし扱いして、ロシア人の間にウクライナ人への激しい憎悪をかきたてたのです。ウクライナとその住民について何か言う時には、いつも『ナショナリスト』『バンデラの追随者』[6]『右派セクター支持者』『アゾフ大隊』[7]という言葉を使い、独立国家の大統領ヴォロディミル・ゼレンスキー[8]をオンエアで『道化師』『コメディアン』『麻薬中毒者』呼ばわりしてきました。支配下に置くメディアの手を借りながら、黒を白と言いくるめるゲッベルスの手法を使って、クレムリンは国民を洗脳してきました。大衆の意識を変えることを許したのは、この虚偽の情報なのです。夜も昼も絶え間ないプロパガンダの流れが、あらゆるチャンネルを通して大衆に注ぎ込まれています。何百万ものロシア人が、残酷な死刑執行人の集団になってしまったのも驚くことではありません」

早口に息つく間もなくまくし立てた。怒りがふつふつと心のなかで膨らんでいった。

「わたし自身はもう一〇年もテレビを見ていません。わたしの同僚たちも同じです。クレムリンのプロパガンダを信じているのは、あまり教育を受けていない地方の人びとで、おもに一度も外国に行ったことのないお年寄りばかりです。ロシアに住む人の七七パーセントは外国旅行用パスポート[9]さえ持っていません。統計では、ヨーロッパやアメリカに行ったことのあるロシア国民はわずか五パーセントです。国民の大多数がプーチンを信じて、西側は敵ばかりだと考えたとしても驚くことではありません。あなたはヨーロッパに行ったことがありますか？」わたしは捜査官にきいた。

捜査官は黙って肩をすくめ、わたしの一方的なおしゃべりを聞いていた。

「八年前に第一チャンネルを辞めなかったのが悔やまれます。でも国際ニュース部で仕事をしていたのが救いでした。プロパガンダを書く必要もなく、ＣＮＮやスカイニュース、ロイター、ＡＰを見ていられたし、スカイプで政治評論家や学者や欧米の特派員と話ができましたから。しかし現実に起きているあらゆることと、わたしたちが報道で伝えていることの違いへの違和感は年々大きくなっていきました。何もかも捨てて仕事を辞めていく同僚を羨ましく思いました。わたしにはそんなことはできませんでした。大変な思いで離婚をし、二人の子供がいるし、建てかけの家もあるし、年老いた母もいる、クルマのローンもある、他にもたくさん問題を抱えていましたから。わたしは弱く、テレビ局を辞める強さがなかったのです。一週間働いて次の週は非番というニュース部門のシフトも好都合でした。子供を育て、旅行に行ったり、スポーツをしたり友人と会うには理想的でした。でも戦争の最初の日に、これは袋小路だ、とわかったのです」

すでに時計の針は朝の五時を指していた。窓の外は日の出前の静けさだ。

「疲れました。五一条（黙秘権を認める憲法の条文）によれば自分に不利な証言はしなくていいはずです。席を外させてください」

捜査官はわたしの後を、トイレのドアまで暗い廊下をついてきた。

「なんでついて来るんですか？」

「そういう決まりになっているんです。あなたが静脈をカットしないとも限りませんから……」この捜査官はルビャンカ[10]の超インテリの取調官ではなく、国際政治問題にはまったく疎い、ごく普通の捜査官だった。彼の携帯はしょっちゅう鳴っていた。部屋に戻ると電話の向こう側で話す人の声が途切れ途切れに聞こえた。

「なぜこんなことを……、どう関わっているのか聞いてみろ。誰が手引きしたんだ……」見えない話し相手は、スターラヤ広場[11]やルビャンカの幹部だ。

「刑事事件か、あるいは行政事件か。どちらだと思います？」捜査官がわたしにきいた。

「弁護士を呼んでください。約束したでしょう。弁護士に微妙なニュアンスを説明してもらいたいんです。残念ながらわたしは法律家ではありませんから」わたしは苛立っていた。でも苛立ってもどうにもならないことはわかっていた。少し気を落ち着かせた。

「あなたは誰のためにやってるんです？」捜査官がまたきいた。

「隠れた動機を探そうとしても無駄です。これは犯罪的な戦争に対するノーマルな人間のノーマルな反応だと思います。二月二四日という日に、わたしたち一人一人のテーブルの上に、いつのまにか『悪魔との契約書』が置かれたのです。この犯罪的な体制のために働き続けるつもりなら、それは、この契約書にサインしたということです」

捜査官はモニターから目をそらし、驚いたように額に皺を寄せた。どうやら彼はこの訊問を録画しているようだった。できるだけ正直に話した。抗議の空気がクレムリンのプロパガンダの主役である「聖域中の聖域」、ニュース番組『ヴレーミャ』にまで浸透していることを知らせてやろうではないか。

「それで、誰がこれをやれって命令したんですか？　あなたにカネを払ったのは誰なんです?」相手はまたきいた。

「カネを払ったですって? わたしは何も不自由していません。モスクワの中流階層の普通の生活を送っています。幸せに暮らすためのものは全部あります。素晴らしい子供たち、家、犬、クルマ、友達……」

「でも、ブレスレットは何ですか……金ですか?」

「よくあるイミテーションです。何が言いたいんですか。この世のすべてはカネだと思ってるの? それは間違ってます!」

「ずっと考えてるんですよ……。行政事件か刑事事件かって。刑務所に行きたいんですか?」

「わたしは普通の人間です。だから刑務所には行きたくありません。でもオンエアで抗議しようと決心した時、あらゆるリスクは意識していました。二〜三年は刑務所に入るかもしれないとも考えました」

壁の時計に目をやった。午前一〇時だった。一日の仕事が始まっている。ドアの向こうに男の声が聞こえた。部屋の入口に若い男が立っていた。ニッコリと笑いながらテーブルの上に二つのコーヒーカップとブリヌイ(ロシアのクレープ)を置いた。一瞬の迷いもなく食べ物に飛びついた。それほどお腹が空いていた。ひどく神経が苛立っていたし疲れていた。捜査官はコーヒーを一口すると、男にわたしを見張っているように言い残してどこかへ消えた。この合間にわたしはコーヒーを飲み、前に座っている男の顔をじっと眺めた。

「そうだ、ゼレンスキーがあなたに感謝の意を表していましたよ」携帯から目を離して男が突然言った。それから気まずそうにすぐ口をつぐんだ。いらぬことを言ったと思ったのだ。

「それは素晴らしい。ゼレンスキーに感謝しなくちゃ」わたしは元気を出した。「ゼレンスキーは英雄ね。包囲されたキエフから逃げ出さなかったし、リヴォフ（ウクライナ語ではリヴィウ）に避難しろと言われても国民と共に残ったし。ヨーロッパで犯罪的な戦争を始めておいて地下壕に隠れるプーチンとは大違い」

　この時、過激派対策センターの捜査官が戻ってきた。何か新しい指示を受けたようだ。これまでの「友好的会話」の雰囲気が突然変わった。

「マリーナ・ウラジーミロヴナ。なぜそんなに自分の祖国が嫌いなんです？」二人になると、捜査官は厳しい口調できいた。

「わたしは祖国を愛しています。でも、祖国といま権力にいる人たちとは全く別々のものです。あの人たちがしたことを考えてみてください。ポーランドとモルドヴァの国境には数百万人ものウクライナ難民がいます。寄る辺のない女性と子供たちです。プーチンは一日でこの人たちから何もかも奪ったんです。家も仕事も……。それがどんなことかわたしは知っています。子供の時、チェチェン[12]で同じことを経験しましたから。わたしの家族は第一次チェチェン戦争が始まった時、グローズヌイから避難を余儀なくされました。住宅も家財道具も本当にすべてを失いました。母は四〇歳を超えて人生をゼロから始めざるをえなかったのです。母はいまでもそのトラウマから立ち直っていません。一九九〇年代は、苦しみと貧困と屈辱の長い日々でした。だから難民の将来がどんなものか、よくわかるのです。途方もなく大きな悲劇です。オフィスにいるあなたたちにはわかるわけがありません」

「あなたは間違っている。プーチンがやったことはすべて正しい。わたしたちがやらなければ、ウクライナ人が先にわれわれを攻撃したでしょう。それに、われわれと戦っているのはアメリカとNATOです」

捜査官は大きな音を立ててコーヒーをすすると、わたしの目を見ながら、おもねるような声で突然言った。

「こちらのために働く気はありませんか？　何の不自由もなくなりますよ」

「バカにしないで。いまの権力者には本当に虫酸《むしず》が走る。飢えて死んだほうがましよ。二一世紀に戦争を始めるなんて、おかしいと思わない？」

「どっちにしたって刑事事件ですよ。刑事事件になります」自分を悩ませていた問いに自分で答えるように、毅然とした声で過激派対策センターの捜査官は言った。

「弁護士を呼んでください」わたしはもう苛立ちを隠せなかった。これ見よがしにそっぽを向き、頭をソファーの背にもたせかけ、少し客観的になろうとした。こめかみで血管が脈打っている。頭の中では、いちばん陰鬱な情景が描き出された。

相手の携帯がまた鳴った。男は足早に出口に向かった。ドアのところに彼の相棒が立っていた。二人は一瞬のすきもなくわたしを監視していた。

「フランス大統領のマクロンがあなたに政治亡命の受け入れと外交的保護を申し出ました」隣に座る若い男がニュース速報を声に出して読み始めた。

「ありえないわ」わたしは驚いて眉を上げた。フランス大統領のマクロンがわたしの保護を表明した？　起きていることが現実なのかどうか、信じられなかった。今のわたしにとって、国際社会の反応は、溺れる者にとっての藁のようなものだ。

廊下から途切れ途切れの言葉が聞こえた。

「了解です。……すべてそうします」

数分後、捜査官が帰ってきて言った。

「まもなく裁判所へ出発します。あなたは行政事件の裁判にかけられることになりました」

1 すべてが始まった二〇一四年　ウクライナとロシアの亀裂が決定的になった年。一三年暮れにウクライナの首都キーウ（キエフ）で、親ロシア色の強いヤヌコヴィッチ政権の汚職を追及するデモが始まり、一四年に入ると多数の犠牲者を出す政変「マイダン革命」となった。ロシアは欧米に操られたクーデターと批判。

同年、ロシア系住民の保護を口実に、ウクライナ南部クリミア半島を併合し、東部ドンバス地域の二州（ドネツク、ルハンシク）の親ロシア派武装勢力の蜂起を支援した。

2 アレクセイ・ナヴァリヌイ　一九七六年生まれ。野党指導者。法律の知識を駆使し、プーチン政権の幹部らの汚職をSNSなどで暴露してきた。二〇二〇年八月、搭乗中の旅客機で体調を崩し、緊急着陸先の病院で一命を取り止めた。治療先のドイツから帰国した二一年一月、モスクワの空港で当局に拘束、収監された。二四年二月、収監先の北極圏の刑務所で死亡。

3 ミハイル・ホドルコフスキー　ロシアのオリガルヒ（新興財閥の実業家）の一人。一九九〇年、メナテプ銀行を土台に持ち株会社を作り、石油会社ユコスを吸収して一大コンツェルンを形成した。二〇〇三年、プーチン批判を強めた直後に脱税などで拘束され、懲役八年の判決を受ける。一三年、恩赦によって釈放され、イギリスへ亡命。

4 ドーシチ　二〇一〇年に設立された独立系テレビ局。クレムリンに批判的だったため、二一年にスパイを意味する「外国のエージェント（代理人）」メディアに指定された。ウクライナ侵攻後、放送へのアクセスが禁じられ、二二年七月、ラトヴィアに移転。現在はオランダから放送。

5 モスクワ・エコー（モスクワのこだま）　一九九〇年開局のラジオ局。ニュースと専門家による自由なトークショーが人気を呼んだが、国営企業ガスプロムが最大株主となり、ウクライナ侵攻後に政権の圧力で解散に追い込まれた。

6 バンデラの追随者　ウクライナ民族主義の指導者ステパン・バンデラ（一九〇九―五九年）を英雄とみなす人びとを指す。バンデラは第二次世界大戦の独ソ戦で当初、ナチス・ドイツにつき、ユダヤ人迫害協力、ポーランド人などに対するテロ活動もおこなった。

7 アゾフ大隊　ウクライナ内務省系の部隊。二〇一四年以降のドンバス紛争で親ロシア派武装勢力と戦い、二二年のマリウポリでの包囲戦で世界的に知られるようになった。以前は民族主義を強く打ち出していたとされる。

8 ヴォロディミル・ゼレンスキー　一九七八年生まれ。二〇一九年にウクライナ大統領選で当選。ユダヤ系で元喜劇俳優。テレビドラマ「国民の僕《しもべ》」で知名度を上げた。

9 外国旅行用パスポート　ロシアでは身分証明のための国内パスポートと、外国に滞在するためのパスポートが存在する。旧ソ連構成国の一部は国内パスポートでも滞在が可能。

10 ルビャンカ　ロシア連邦保安庁（FSB）の本部があるモスクワ中心部の地区。ロシア革命当初から治安・諜報機関が置かれ、「拷問、流刑、銃殺」などのイメージと結びつく。

11 スターラヤ広場　ロシア大統領府庁舎がある区画。この庁舎は旧ソ連共産党中央委員会のビルだった。

12 チェチェン　ロシア連邦の構成主体の一つ。チェチェン共和国。南部コーカサス（カフカス）地方にあり、イスラム教を信仰するチェチェン人が大半を占める。ソ連崩壊前後からロシアからの分離独立運動が起き、一九九四年にロシア軍が侵攻した（第一次チェチェン戦争〈紛争〉）。石油産業が盛ん。中心都市はグローズヌイ。イングーシ人と民族的に近い。

3　未来のロシアからの訪問者

オスタンキノ裁判所の外には張り番の記者が何人かいた。警察車両の中から手を振ったが、窓には濃い遮光《しゃこう》シートが貼られていて、彼らにはこちらが見えないようだった。捜査官たちはわたしを裏口から裁判所に入れた。

「頑張れ、あなたは本当の英雄だ！」廊下で見知らぬ男性がささやいた。わたしは微笑みを返した。

三階まで上り、法廷に入った。

書類を取って審理延期要望書を書き始めた。わたしには弁護士がついていないからだ。その時、法廷にスポーツマンタイプの背の低い男性が駆け込んできた。

「やっと見つけましたよ」男は息をついてうれしそうに言った。

アントン・ガシンスキーはベラルーシ[1]出身の有名な弁護士で、必要な書類を急いで記入し始めた。わたしには一七歳の息子キリルと一一歳の娘アリーナがいることを話し、子供たちに電話をかけたいので、電話を貸してくれ、と言った。

「キリル、そっちはどう？」わたしは息子に尋ねた。

「前もって言ってくれればよかったのに。こっちは大騒ぎだよ……」

息子の声は不満そうだった。

「言えなかったのよ。あなたは止めようとするでしょうから。先週ナヴァリヌイ事務所がプーシキン広場で開いた反戦集会に行こうとしたら、あなた、クルマのカギを隠したじゃない。でもね、これを黙って見過ごすことにはできなかったの」

裁判官が入廷してきた。わたしは携帯電話を切った。女性裁判官は行政法の改正条文にのっとった訴状を読み上げた。わたしは無許可集会を呼びかけた件で訴えられていた。SNSに投稿したビデオメッセージがもとで裁判にかけられているのだった。

「わたしは無罪ですし、自分の言葉も撤回しません」わたしは動揺を隠しながら言った。

「この行政法の条文を適用する根拠が見当たりません」ガシンスキー弁護士が話し始めた。「これは集会に出ようという抽象的な呼びかけです。オフシャンニコワさんは正確な日付も時間も、いつ集会に行くのかにも触れていません。それに彼女には二人の未成年の被扶養者がいます」

どんな主張も裁判官には効果がなかった。女性裁判官は行政法違反でわたしに有罪を宣告し、三万ルーブルの罰金を科した。

オスタンキノ裁判所前には記者が大勢集まっていた。

「あそこには行きたくありません。疲れました。メディアと接触しなくてもいいですか。別の出口を探しましょう」わたしは弁護士に言った。

「取材に応じるべきです。二言三言でもいいから。その後、急いでクルマに乗りましょう」ガシンスキーはそう主張した。

考えを集中しようとした。あらゆる方向からロシア語と英語の質問が聞こえた。

「これはあなたの個人的な決断ですか、あるいは手助けする人がいたんでしょうか？」

「裁判所の決定を予想していましたか？」

「質問には明日すべてお答えするつもりです。たいへん疲れているんです。二晩眠れませんでした。一四時間以上訊問が続き、弁護士も呼んでもらえなかったし、家族とも友人とも連絡をとらせてもらえませんでした」

わたしは歩きながら話し、記者をかき分けながら小さなクルマに向かった。

わたしたちのクルマはソロソロと発進した。サドーヴォエ環状線[2]は夕方の渋滞だった。政治事件ではモスクワで一番有名な弁護士の一人セルゲイ・バダムシンの事務所へ向かっていた。前方に巨大なアメリカ国旗がはためいていた。アメリカ大使館からほど近いノヴィンスキー並木通りでクルマが停まった。エリート企業が入るビジネスセンターの隣には、モスクワで一番賃料の高いオフィスばかりが並んでいた。八階に上がった。

セルゲイ・バダムシンは中年で、微笑みを浮かべながら、オフィスの入口でわたしたちを出迎えた。

「さあ、ブレインストーミングをしましょう。いつ何時、刑事事件を起こされるかわかりませんから」バダムシン弁護士はすぐ提案した。

「今日は家に帰らないほうがいいでしょうね」わたしは慎重に言った。

「もちろんです。わたしたちはあなたの居場所がわからないようにします」

それから一時間、わたしたちは事件の微妙な意味合いを話し合った。バダムシンは連絡用の臨時の携帯電話と、わたしのインタビューを取りたがっている世界の主要なテレビ局の電話番号が書いてある長いリストをくれた。

「明日、メディアと連絡を取り始めます。隠すことは何ひとつありません。いまはなにしろ一息つきたいんです。もう何も考えられません」わたしは言った。

「もっとも肝心なことは、気を緩めないことです」最後にバダムシンは言った。「懲罰は、あなたが忘れられた頃に来るんです。いまあなたを殉教者にしてしまうのは彼らにとって不利ですからね」

弁護士はわたしをモスクワ南西部の秘密の住居に連れて行った。クルマの中で私は携帯をオンにしてニュースの見出しを読み始めた。

『ドイッチェ・ヴェレ』[3]は、「マリーナ・オフシャンニコワは未来のロシアからの訪問者だ」と書いていた。イギリスの高級紙『ガーディアン』は『ヴレーミャ』のオンエア写真を一面に掲載した。「マリーナ・オフシャンニコワ」という名前がツイッター（現在はX）のトップにあった。アレクセイ・ナヴァリヌイは裁判での陳述の最後で、オフシャンニコワの行動に触れていた。政治家イリヤ・ヤーシン[4]は「オフシャンニコワはロシアの英雄だ」と書いた。「これは半世紀にわたる『ヴレーミャ』の歴史で、番組に起きた最高の出来事だ」――わたしのかつての同僚イーゴリ・リスキンはフェイスブックにそう書いた。ジャーナリストのチモフェイ・ジャードコは、オフシャンニコワを一九六八年に赤の広場でチェコスロバキアへのソ連軍戦車の投入に抗議した七人の反体制派によるデモに参加したナターリヤ・ゴルバネフスカヤになぞらえた。「これはとんでもなく勇気ある行動だ」――そうツイッターに書いたのは、元アメリカ大統領候補で民主党の著名な活動家バーニー・サンダースだ。


　大理石でできた豪華なアパートの入口で、エレガントなスポーツスーツを着た、スラリとした女性がわたしたちを出迎えてくれた。

「タチヤーナです」女性は自己紹介した。

「お入りなさい。わたしはここに一人で住んでいます。息子のゴーシャは別に暮らしています。金融部門のディレクターをしていたので、息子にはずいぶんつぎ込みました。ゴーシャには英語もスポーツも習わせました……すべてはあの子だけのためでした。それなのに息子は……」

タチヤーナは早口で話した。人と交わらず退屈していたところ、自分の家に突然わたしがあらわれたことを喜んでいるようだった。

「あなたがあのオンエアの方？　ｉＰａｄで見た時は、信じられませんでした……。本当に、フェイクかと思いました」タチヤーナは早口で続けた。「ペスコフ（大統領報道官）はあれを『フーリガン（ロシアではならず者の意味）の仕業だ』と言ってましたよ」

「フーリガンの仕業で結構です。少なくともわたしはまだ今のところ自由の身ですから」わたしは微笑みを返した。

「そう、こんな戦争を始めるなんて、プーチンの頭は正気じゃありません。悪党たちはモスクワ・エコーまで閉鎖してしまって。前はずっと聴いていたんです。いまはＶＰＮ（仮想専用通信網）に接続しないと何もわかりません。全部ブロックされてしまいました。ゴーシャがテレグラムをダウンロードして反対派のチャンネルをセットしてくれたので助かりました。ここにいていただいていいんですよ、疲れたでしょう……」

タチヤーナはわたしを小さな部屋に連れて行き、ソファーベッドを広げるのを手伝ってくれた。

一人になるとバッグから睡眠薬を取り出した。でも飲み込めなかった。急に強い咳の発作が始まった。風邪の症状はなかった。何が起きたのかわからなかった。ほとんど窒息状態だった。

その後、こうした発作が定期的に起こった。特にストレスのかかる状況では急に喘息性の咳が出て、同じように急に収まった。

しばらくの間、浅い眠りに落ちた。翌朝早く、なるべく早く記者と接触を始めなければという思いで飛び起きた。まずはロシアのメディアだ。彼らが関心のある質問には全部答えなければならない。陰謀論の余地を残さないためだ。陰謀論は信じられないスピードで、ネット上で増殖を始めていた。わたしはフェイクではなく、諜報機関のエージェント[5]でもなく、普通の人間だと皆にわかってもらわなければならなかった。

長い質問リストに目を通した。ロシアの有力新聞『コメルサント』[6]の名が目にとまった。すべての質問に答える用意がある、とメッセージを送った。文字通り数分後に電話が鳴った。わたしの行動の理由について記者に詳細に話した。訊問で話したことと同じことをもう一度話した。その後、『コメルサント』の編集部から意外なメッセージが届いた。「申し訳ありませんが、あなたのインタビューは掲載できません。禁止されました」

バダムシン弁護士が、まずクセニア・ソプチャク[7]と連絡を取るようにと言ったのを思い出した。二〇一八年、彼女はロシア大統領選挙に立候補し、その後独自のメディア帝国を築いた。彼女のユーチューブ・チャンネルには三〇〇万人以上の登録者がいた。

　クセニアは戦争反対を表明していて、独占インタビューを撮りにわたしの家に来たがっていた。わたしの家は修理もまだ終わっておらず、ジャーナリストを呼ぶ気にならなかった。しかしクセニアは、わたしがどんな生活をしているのか見ることに興味がある、とこだわった。わたしを支援するつもりであって、近々の便でトルコからモスクワに飛んでいく用意があると言った。詳細を詰めるために連絡を取り合うことになった。ところがその後数日のうちに彼女からの連絡はとだえた。

　ロシアのメディアからの取材依頼はほかにはなかった。一分でも無駄にしたくなかったので、世界的な通信社ロイターの記者と連絡をとった。

「あなたはロシアから出国するつもりですか」

「いいえ、わたしは愛国者です。ロシアから出るつもりはありません。家族もここにいるし、友人もここにいます。もちろん直面する問題の大きさは理解しています。ですから身の安全にはたいへん不安を抱いています」

「自分のことを英雄だと思いますか？」

「いいえ、英雄だとは感じていません。この犠牲が無駄にならず、人びとの目が開かれるのを望むだけです」

　何事もなかったかのように、この家の持主タチヤーナが部屋の入口にあらわれた。

「マリーナ、おしゃべりはもうたくさん。昼食にしましょう」

コンピューターから立ち上がってキッチンに行った。頭の中にはさまざまな考えが絡み合っていた。何をすべきだろうか。亡命する気はまったくなかった。モスクワでの生活は順調だ。息子は大学入学の準備をしているし、娘は良い学校に行っている。隣に住む年老いた母は子供の面倒をみてくれる。

「ゴーシャはあの時、もうコンピューターに興味を持ち始めたわ」タチヤーナが続けた。「あの子はね……」

彼女の言葉はわたしの耳をすり抜けて行った。わたしはただうなずき、聞いているふりをした。

「わたしが家族の生活を滅茶滅茶にしたことで、息子は感情的になってわたしを責めているんです」なんとか話に加わった。「今日、息子とずいぶん長い間話しました。わたしたちの人生がより良いものになるためには、時として、どうしてもやらねばならないことがあると、説明しようとしたんです。息子は全部わかってくれたようでしたが」

タチヤーナはわかったというようにうなずいた。

その日、わたしはずっと外国の記者たちとネットで会話をかわした。弁護士以外にはわたしがどこにいるか、誰も知らなかった。夜になり、目を閉じ、また眠ろうとしたが、ベタ付くような汗が額を覆い、なかなか眠れなかった。

過ぎ去ったこの数週間の出来事が、わたしの意識の中を万華鏡のように次々とよぎっていった。

1 ベラルーシ　旧ソ連の構成国の一つ。ロシア、ウクライナとともに東スラブ系の住民が多数を占め、西部はカトリックを信仰するポーランド系住民も多い。大統領は「欧州最後の独裁者」と呼ばれるルカシェンコ。

2 サドーヴォエ環状線　モスクワ中心部の大動脈となる全長一五・六キロの環状線。沿線に米国大使館やロシアの主要省庁がある。

3 ドイッチェ・ヴェレ（DW）　ドイツの国際メディアで、ロシア語での発信力にも定評がある。欧州ロシア対立のあおりで二〇二二年二月三日にロシア政府からロシアでの活動を事実上禁じられた。

4 イリヤ・ヤーシン　若手の野党政治家。ウクライナ侵攻後、反戦を訴えたことで拘束され、裁判所が懲役八年六ヵ月の判決を下した。

5 諜報機関のエージェント（代理人）　諜報機関は旧ソ連のKGBや後継のFSBなどを指す。代理人は市民らを密告する諜報機関の手先との意味。

6 コメルサント　ロシアの有力紙の中でも、比較的リベラルな論調で知られた。FSBに拘束され、国家反逆罪で起訴されたイワン・サフロノフ記者らがかつて在籍した。

7 クセニア・ソプチャク　著名な女性ブロガー、実業家、タレント。リベラル派として政治活動もおこなう。父はプーチンのレニングラード大学時代の恩師で、後に政治活動に転じたアナトリー・ソプチャク（故人）。

4 ウクライナ侵攻は二月一六日だ
——二〇二二年二月一六日、モスクワ

スピードを上げよう。もっと速く。あと七〇〇メートル泳げば……。クロールで泳ぐのはトレーニングの仕上げだ。もう少しだ。そうすれば今日の予定の五キロを泳ぎ切れる。時計は正午、二五メートルプールには二人しかいなかった。急がなければならない。水曜日で雪だ。今日は間違いなく渋滞になる。オスタンキノのテレビセンターまで二時間はかかるだろう。

髪を乾かしてクルマに飛び乗った。化粧をしている余裕はない。せわしない大都会のリズムの中では、一分も無駄にできない。モスクワ環状自動車道路からクトゥーゾフ大通り[1]に入ると渋滞につかまった。娘からの電話が鳴った。

「ママ、学校が終わったよ。今日は迎えに来るんでしょう?」

「違うわ、今週はママは仕事だって忘れたのね。いま仕事に向かう途中。今日はお隣さんがあなたを迎えに行ってくれるわ」

クルマの流れが動き始めた。ラジオをつけた。

「二月一五日から一六日にかけての夜間だと西側のメディアが予想していた、ウクライナ領土へのロシアの侵攻はありませんでした。ロシア外務省報道官マリーア・ザハーロワは次のようなコメントをテレグラム・チャンネルにアップしています――アメリカとイギリスのフェイクメディアである『ブルームバーグ』『ニューヨークタイムズ』『ザ・サン』等々への要望。今年度のわれわれの侵攻計画を教えていただきたい。休暇計画を立てるため」

別の局にした。ロシア外務省の絶え間ない煽りを聞きたくなかった。

「モスクワ・エコーです」――スピーカーから聞こえてきた。

「今日はオンラインのゲストに政治評論家アレクサンドル・クイネフさんをお招きしています。いまナヴァリヌイの新たな詐欺事件の裁判が進行中です。ありすぎてわからなくなったのですが、これはどの詐欺事件なんでしょう。三つ目ですよね。審理期間を圧縮しようということでしょうか？」

「もう誰も驚かないと思います。ウラジーミル・プーチンが大統領でいる限りアレクセイ・ナヴァリヌイが刑務所から出られないというのは明白なことです」クイネフが答えた。

窓の外は雪が降りしきっていた。モスクワ市が気前よく道路にまき散らした融雪剤と混じりあって、雪は汚い泥になってゆく。クルマの流れは暗闇の中をノロノロと進んで行った。

わたしの気分も周囲のすべてと同じように暗かった。ロシアの政治状況は年々、ますます希望のないものになっていく。ナヴァリヌイは刑務所だし、彼の反汚職基金[2]は弾圧されて過激派組織に指定されてしまった。権力は反対派候補を選出することを促進する「スマート投票」[3]システムに脅威を感じたようだった。気づかないうちにプーチンはわたしたちから、自由な選挙、独立したメディア、そして公平な裁判と、あらゆるものを奪ってしまった。

ナビは前方にまた渋滞があることを示していた。モスクワシティーの高層ビル街の立体交差でひどい事故があったようだ。鏡を見た。トレーニングを終えてからもう二時間ほど経過していたが、目のまわりにはまだゴーグルの跡が相変わらず残っていた。化粧をしようとしたところでまた携帯メッセージが鳴った。

「戦争になると思う?」

シドニーのミランダからだった。わたしたちはイスタンブールの国際競技会で知り合った。世界中から一〇〇〇人を超えるスイマーが、ボスポラス海峡を泳いで渡ろうと、トルコに飛んできた。わたしたちもその中にいた。オーストラリアの友人も、まさか戦争が始まるとは思っていないだろう。

それはありえない――彼女に説明しようとした。渋滞で立ち往生している間に急いでメッセージを書いた。

「戦争にはならないでしょう。心配しないで。ロシアとNATOはつばぜり合いをやって矛を収めるでしょう。これは政治的な駆け引きです。プーチンが完全に正気を失ってしまったとは思いません」

テレビセンターのゲートに近づいた。警察官がフロントガラスに下がる通行証の番号をじっくり確認した。クルマから降り、いつものようにトランクを開けた。怪しいものがないのを確かめると、警備員は遮断機を上げた。わたしはクルマを駐車場に入れ、急ぎ足で建物の裏に向かった。以前そこにはコンサート用のスタジオがあったが、今は第一チャンネルのニュースセンターになっている。

入口では眠たげな警備員がわたしの社員証に物憂げな視線を投げかけた。三階に上がり、もう一度通行証をセキュリティの職員に見せ、仕事場へ向かった。

「ハーイ」と手を振った。ところがマックスにはわたしの挨拶はきこえなかった。ヘッドホンをして英語から何か熱心に翻訳しているところだった。コートを脱いでコンピューターのスイッチを入れた。マックスはようやく疲れた眼差しをモニターからそらした。

「ロイターがずっと、ロシアの戦車が国境に集結する映像を流しているんだ。鉄道輸送だ。キエフからみんな避難しようとしている。アメリカはリヴォフへ退避を呼びかけている。でも僕らはそうした映像は流さない」

「キエフと何の関係があるの？」わたしは半信半疑だった。キエフを空爆することはないだろう。なぜアメリカ人はパニックに陥っているのだろう？　いまプーチンは武力で脅しながらNATOから有利な条件を引き出そうとしているけれど、折り合いがつくだろう。軍用車両を元の場所へ戻すだろう。プーチンだってキエフを空爆するようなまねはさすがにしないだろう。アメリカは二月一五日から二月一六日にかけての夜に戦争が始まると言っていたけれど、何も起こらなかった。これは政治的な駆け引きに過ぎない。でもなぜ彼らは大使館員をキエフから避難させているのだろう？

「今日はニュースのたびごとに、演習が終わったから戦車は元の配置場所に帰還しているると伝えているよ」マックスがうれしそうに言った。

「すばらしいニュースね」わたしは微笑んだ。

わたしたち二人はモニターがぶら下がった小さな部屋で、事態の好転を信じていた。災禍は過ぎ去ろうとしているように思えた。モニターのひとつにはプーチンとブラジルのボルソナロ大統領の会談の中継映像が映り、別のモニターではジョー・バイデンが演説していた。そして残りのモニターでは……、ロシアの戦車がつぎつぎと移動していた。

1 クトゥーゾフ大通り　ソ連時代を含めて歴代の指導者、高級官僚らの住居が並ぶモスクワの大通り。帝政期の名将ミハイル・クトゥーゾフの名にちなむ。

2反汚職基金　野党指導者ナヴァリヌイが率い、政権与党「統一ロシア」のメドヴェージェフ党首（前大統領）ら幹部の腐敗を追及してきた。二〇二一年六月、「過激派」に指定され、情報拡散や選挙への参加が禁じられた。

3スマート投票　政権与党「統一ロシア」の候補者を落選させるため、体制内野党の共産党や自由民主党などを含めた、最も当選の可能性が高い野党候補への投票を呼びかける運動。

5　戦争――それはプーチンの致命的過ちだ

――二〇二二年二月二一日〜二四日

非番の週が始まった。月曜の朝、いつもの通り、犬を連れて散歩し、子供たちを学校へクルマで送った。クルマの中で、わたしの手はついついラジオに伸びてしまう。ニュースに合わせたいのだが、さっと手を引っ込めた。緊張した一週間の仕事の後では、情報のデトックスが必要だ。それで、非番の最初の日はニュースなしで過ごすことを自分に課していた。

一日中、家事に追われた。掃除をし、夕飯の用意をした。けれども夜になると耐えきれなくなって情報の真空状態から抜け出すことを決め、インターネットにつなげた。

「ロシア安全保障会議[1]のメンバーが大統領ウラジーミル・プーチンの提案を支持しドネツクおよびルガンスク（ルハンシク）人民共和国の独立を認める発言をおこなった」

動画をクリックした。携帯から対外諜報庁長官セルゲイ・ナルィシキン[2]の怖気《おじけ》づいたような声が響いた。

「欧米のパートナーに最後の機会を与えることもできるのではないかと、……そうでなければ、われわれは、今日話し合われている決定を下さざるを得ません」

「そうでなければ、というのはどういうことか」プーチンがさえぎった。「あなたは交渉開始を提案しているのか？」

ナルィシキンはどもるように言った。「わ、わたしは、提案を支持するつもりです」

「支持するつもりなのか支持しているのか。はっきり言ってくれ！」プーチンはしつこく追及した。

ナルィシキンの話し声はさらに小さくなった。

「ドネツクとルガンスク人民共和国のロシア連邦への編入に関する提案を支持します」ナルィシキンはようやく窮地を脱した。

「そのことを話しているのではないんだ」プーチンはナルィシキンをさらにからかった。「われわれはそのことを話し合っているのではない。独立を認めるか認めないか、を話しているんだ」

「はい」ナルィシキンは陰気に話を打ち切って、演壇から去った。

安全保障会議の様子は、わたしには下手な演出の芝居を思い起こさせた。諜報機関のトップや閣僚たちは、大きなヘビに睨まれ、恐怖のあまり呆然となったウサギのようだった。彼らはピクリとも動けなかった。わたしは打ちひしがれたまま床に就いた。ロシアの戦車がふたたびドネツク人民共和国、ルガンスク人民共和国という未承認国家[3]の領土に侵攻する予感がしていた。しかし現実はもっと恐ろしいものだった。

二四日の朝七時、スマホの目覚ましが鳴った。スクリーンには次々とメッセージが浮かび上がった。

ＣＮＮ——キーウで爆発音

メドゥーザ[4]——ロシア、ウクライナに大規模侵攻開始

これは戦争だ、いや、そんなことはありえない。キエフを空爆する？　恐ろしい夢でさえそんなことは想像できない。プーチンはついに正気を失った。これは致命的な歴史的過ちだ。

一階に走り、ふたたび二階に上がった。息子を地下鉄の駅まで送り、娘を学校に送り届けなければならない。集中できなかった。コーヒーカップが手から落ちた。破片がキッチン中に散らばった。こめかみで血管が脈打った。もう一度携帯を手にし、ニュースを読み始めた。

わたしの意識は、現実に起きていることを信じることを拒否していた。

ＣＮＮの記者はハリコフから、連続した爆発音が聞こえると伝えていた。

ウクライナの通信社ウニアンは、ボリスポリ空港地区での爆発を伝えていた。キエフ郊外にミサイル攻撃。

CNN──オデーサで爆発音

なんということだ。キエフとオデッサが爆撃されている。オデッサ、あの海岸沿いの美しい町。ソ連時代の一九七〇年代末、わたしの両親はその町で出会い結婚した。父、ウラジーミル・トカチュクはウクライナ人で軍艦勤務の海軍将校だった。わたしが生まれて五ヵ月後、父は自動車事故で悲劇的な死を遂げた。わたしを育ててあげてくれたのはロシア人の母だった。化学エンジニアで父の死の直後、わたしをウラルの両親のところに連れて行った。

わたしは茫然と画面を見ていた。ウクライナの方角へロシアの戦闘機が飛び、戦車が走って行く。一方、わたしの意識は子供時代の穏やかな風景を描き出していた。

あれは一九八三年六月のことだ。わたしと母は現ウクライナ（当時はソ連）中西部のフメリニツキー州チュヴグジフ村にいた。

茂ったリンゴの葉に埋もれた白い農家の家々が通りの両側に並んで見える。わたしと母はおんぼろバスに乗って埃っぽい道を村はずれに向かっていた。バスは村はずれで停まった。そこには父の両親の家があった。わたしたちは斜めに傾いた板塀に囲まれた大きな白っぽい百姓家に入って行った。木戸には一本の大きな釘で打ち付けられた鉄製の郵便箱がはずれ、ぶらぶらしていた。

わたしは、白いTシャツに青のショートパンツ、白いパナマ帽をかぶったショートカットの五歳の少女だった。母と一緒に家に近づいた。ブリキ缶を手にした背の曲がった痩せぎすの老婆が迎えに出てきた。

「おお、よう来た。こんなにかわいい子になって。大きくなった」わたしたちを木戸のところで出迎えたおばあちゃんは感極まったようにウクライナ語で、小さな声で言った。「お入り」

父の母親のウリヤナおばあちゃんは、せかすことなくわたしたちを家に入れてくれた。壁には白黒の二枚の肖像写真が掛かっていた。一つは軍服姿の中年の男で、これが祖父だった。祖父は大祖国戦争の時、前線で戦死した。もう一つは、海軍将校の軍服を着た、見覚えのない若い男の写真で、厳しい眼差しでわたしを見おろしていた。これがわたしの父だった。父は大所帯のウクライナ家族の末っ子だった。父の他にあと六人の子供がいた。

「従妹のインノチカとコーリャおじさんも来たよ」とおばあちゃんが言った。「川へ魚を釣りにいった」

転びそうになりながら、わたしは一面ジャガイモが植えてある大きな菜園を抜けて川のほうへ駆けた。途中、木の籠に入って草を美味しそうに食んでいる白い大きなウサギを撫《な》でた。

それから約四〇年後、ロシアはウクライナ領土にミサイル攻撃を始め、コーリャおじさんとインノチカは地下室に隠れることになる。

看護師として大祖国戦争を生き抜いたウリヤナおばあちゃんは、この日まで生き延びることはなかった。おばあちゃんの子供たちは二つに割れた。息子たちは結婚し、ウクライナに残った。娘たちは嫁ぎ、ロシアに引っ越した。戦争が始まると国境の別々の側で暮らす家族はついに罵《のの》り合いとなった。

「なんであなたたちは抵抗しないの？　なぜプーチンを倒すためにデモをしないの？」インノチカは電話でモスクワ州に暮らす伯母に問いかけた。

「そんな単純なものじゃないわ。プーチンはわたしたちよりよく知ってるの。プーチンがウクライナの空爆を決めたのなら、それはそうしなければならない、ということなのよ」クレムリンのプロパガンダでゾンビ化された初老の伯母はインノチカにそう答えた。

1 ロシア安全保障会議　大統領を議長とし、主要閣僚らが参加する事実上の最高意思決定機関。原則非公開だが二〇二二年二月二一日の会合は大部分が録画で放映された。ウクライナ東部の親ロシア派分離勢力が支配する自称「ドネツク人民共和国」「ルガンスク人民共和国」を独立国家として承認するかが議題となった。

2 セルゲイ・ナルィシキン　プーチンの側近。元下院議長。二〇一六年からスパイ活動を行う対外諜報庁（SVR）の長官。

3 未承認国家　国際社会でまったく、もしくはほとんど承認を得ていない地域。ロシアが〝併合〟を宣言したドネツク、ルガンスクの二つの「人民共和国」クリミア自治共和国、セヴァストーポリ特別市、ザポロジエ・ヘルソンの二州のほか、ジョージア内の「アブハジア共和国」「南オセチア共和国」とモルドヴァ内の「沿ドニエストル共和国」がある。

4 メドゥーザ　ラトヴィアに拠点を置くロシア系の有力独立系メディア。

5 大祖国戦争　第二次世界大戦（一九三九〜四五年）のうち、ナチス・ドイツによるソ連侵攻（一九四一年）以降の戦いを指す。

6　善の側にとどまれ
——二〇二二年二月二八日

戦争五日目。仕事の週が始まった。まるで霧の中にいるように何もわからないまま、オスタンキノ・テレビセンターへ向かった。娯楽番組はすべて中止になり、ニュース番組が続いていた。プロパガンダは時を追ってボルテージを上げていった。

ロシア国防省報道官イーゴリ・コナシェンコフ[1]は言った。「キエフでは武装した略奪者、強盗、民族主義者などの一味が乱暴狼藉《ろうぜき》を働いている。ロシアに対してキエフ側から延々と続けられる脅威に終止符を打たなければならない」

ニュースキャスターはてきぱきとプロンプターを読んだ。「その傾向はゼレンスキー大統領がイニシアチブをとっています。彼の麻薬依存が原因と見る人も多くいます。たとえばゼレンスキーの振る舞い、言葉、表情、身のこなしを見ればわかります。顔をしかめ、髪に手をやり、絶えず鼻をこすります。こうした振る舞いはコカイン中毒者に共通のものです」

自分がウソの広大な海の中の小さな砂粒であるかのように感じた。

職場のモニターには何十万人もの難民が映り、いたるところに痛みと血と子供の涙があった。わたしの携帯には世界各国から何十というメッセージが来たが、皆同じ一つの質問をしていた。「いったい何が起きているのか?」

何と答えていいかわからなかった。心が痛み、恥ずかしかった。こんなことを二度と見ないですむように、この地表から消え、死んでしまいたかった。ここからすぐに逃げ出さなければならない。しかしわたしの体は恐怖で、鎖につながれたようにこわばり、理性はマヒしていた。まるでまわりで悪魔が采配を振っているかのようだった。

上司の大声でわれに返った。彼は緊急会議から戻ったばかりだった。

その顔には憎悪が張り付き、その口からは、いつものように放送禁止の罵り言葉があふれ出た。彼は皆を憎悪していた。次長が辞めた後、彼は狂ったように働いていた。毎日一二時間週五日、自分の分と次長の分もだ。彼はプロパガンダにうんざりしていた。辞めたいとも思っていたが、給与明細の大きな額だけが心の慰めだった。

戦争時は静かに座って目立たないようにしなければならない、と上司は警告した。「あなたたちは暖かい場所にいる。戦争の状況下ではクレムリンは軍と治安機関とプロパガンダの先兵だけを支援するだろう。他のことはどうでもいい。あとはなるようになれ、ということだ」

同僚は顔に恐怖と困惑を浮かべていた。全員がこの事態に深いショックを受けていることがわかった。そうはいっても、ことわざにあるように「わが身ほどかわいいものはない」誰もこんな厄介なご時勢に職を失いたくはなかった。

夜中過ぎ、疲れ切って家に帰った。携帯には新しいメッセージが届いていた。「調子はどう?」

驚いて体が震えた。イギリスの有名なジャーナリストで作家のトーマスからだった。トーマスは二〇年以上モスクワで取材し、ロシアについての本を何冊か書いた。新型コロナのピーク時に救急車でスクリファソフスキー病院に運ばれ、緊急手術を受けた。トーマスにはモスクワに親類がいなかった。手術のことを知って、わたしはすぐに病院に駆け付けた。

「生体組織検査の結果を待っているところです。癌のステージ3、あるいはステージ4です」静かな声で外科医が言った。

わたしはトーマスのお嬢さんと妹さん宛に、希望を抱かせる長いメッセージを書いた。毎日病院に行き、トーマスに必需品や薬を届け、診療に連れて行った。

「なんで赤の他人の問題に関わるの。あなたはマザー・テレサ? 自分だってヤマほど問題を抱えているくせに」友人たちはこめかみのところで人差し指をクルクル回した。でもわたしは聞き入れなかった。

症状が良くなると、トーマスはイギリスで治療を続けることにした。朝早く、わたしはトーマスをシェレメーチェヴォ空港へ送っていった。それは最後のロンドン行きの便だった。二〇二〇年一二月二二日の夜中から、新型コロナウイルスのためロシアはイギリスとの間の航空便を停止した。半年後、イギリスでトーマスはまた手術を受けた。徐々に彼の病気は寛解期に入っていった。

「第一チャンネルを辞めることにしました」わたしは正直に書いた。

「わたしはいつも、きみみたいに感受性が強く、感じやすい人間が、なぜあんなところで仕事ができるのか、わからなかった」とトーマスが書いてきた。

「わたしは独り身です。子供が二人いて、養わなければならないのです。新しい仕事を見つけるのは至難の業です。反対派メディアはロシアでは一掃されてしまいました」わたしは弁明しようとした。心の中は辛く不愉快だった。

「癌から回復した後、わたしは自分の人生を振り返ってみた。どんなときでも善の側にとどまっていなさい」トーマスは最後にそう書いていた。

わたしは息が詰まった。

CNNはキエフ州の破壊された村を映していた。ロシアのミサイルに家を破壊され、五人の家族を失った男性が話す。「神よ、こんなことを終わらせてください」画面に字幕が出た。

「ウクライナの民間人はプーチンの侵攻の大きな犠牲になっています」ニュースキャ

スターが言った。

「大きい爆発だった」自宅跡の瓦礫に立つ男性が言った。「みんな瓦礫の下敷きになった。車椅子の一二歳の娘が死んだ。わたしと二人の孫は瓦礫の下から引きずり出された」

正視することができなかった。「善の側にとどまっていなさい」——トーマスの言葉がわたしの頭の中でクルクルと回った。わたしはウクライナ難民がどんな体験をすることになるのか、よくわかっていた。子供時代、同じ体験をしたからだった。

1 イーゴリ・コナシェンコフ　ロシア国防省報道官。ウクライナ侵攻後は頻繁にブリーフィングをおこない、戦争の「顔」になった。侵攻後に少将から中将に昇進。

7 グローズヌイからの難民少女
――一九八四年〜九四年、グローズヌイ

わたしたちがチェチェンに行くことになったのは偶然からだった。母がグローズヌイの石油精製工場の研究所長に採用された時、わたしは六歳だった。ソ連の時代だった。地図にはまだチェチェン共和国はなく、チェチェン・イングーシ自治ソビエト社会主義共和国で、チェチェン人もイングーシ人もロシア人もウクライナ人もアルメニア人もタタール人も平和に暮らしていた。首都のグローズヌイには民族主義的感情はまだなかった。

グローズヌイは美しい町で、夏には熟した杏《あんず》が足の下に転がり、冬にはほとんど雪が降らなかった。母はこの町がとても気に入った。彼女はいつも南に住むことを夢見ていた。だから何のためらいもなくウラルにあったアパートをグローズヌイのアパートと等価交換して、わたしたちは引っ越した。

一年後、わたしは学校に通い始めた。プールの競泳ではいつも一等を取ろうとした。クラスの優等生としてグローズヌイの中央広場でピオネール[1]に栄誉入団を許され

た最初の一人だった。わたしは誇りにあふれていた。

　それはどこにでもある、ソ連の子供時代だったと言える。同級生と一緒にくず鉄を運んだり、くず紙を集めたりした。夏には男の子たちと木登りをしたり、熟れた桑の実を食べたり、自転車を乗り回した。

　朝、母はわたしに三リットルの容器を持たせて搾りたての牛乳を取りにお使いに出した。牛乳はいつも鉄の樽に入って隣の店まで運ばれてきた。すでにミハイル・ゴルバチョフ[2]が権力の座についていて、ペレストロイカが始まっていたが、ペレストロイカのせいであらゆるものが品不足だった。グローズヌイではどこの店に行ってもほとんど何もなかった。だから、牛乳の他にフルーツアイスを二〇コペイカで買えた時は、限りなく幸せだった。

　ソ連は崩壊が始まっていた。わたしの日常生活はあっという間に変化し始めた。同級生のチェチェン人の女の子たちは、赤いネクタイの代わりにスカーフとヒジャブをかぶって学校に来るようになった。ソ連のプロパガンダはチェチェン人にたえず無神論を押し付けようとしていたが、家庭ではコーランにのっとって生きるよう子供たちは教えられていた。

　わたしは一二歳だった。だからまだ宗教や政治のことはよくわからなかった。しかしわたしのピオネールの情熱は消えて行った。チェチェンではジョハル・ドゥダーエフ将軍[3]が権力の座についた。ソ連崩壊直前の一九九一年六月、ドゥダーエフはイチケリア共和国の独立を宣言した。ドゥダーエフ支持者は最高会議の建物、テレビセンター、ラジオ局を占拠した。事実上その時からチェチェンでは内戦が始まった。完全武装の戦闘員が町中を歩きまわるようになった。

学校脇の塀には突然「ロシア人はリャザン（モスクワ南東の都市）へ、イングーシ人はナズラン（グローズヌイ西の都市）に帰れ！」という落書きがあらわれた。母は泣きながら帰ってくることが多くなった。店ではものを売ってもらえず、交通機関では侮辱された。家の郵便箱には、とっととチェチェンから出て行け、という脅迫が書かれた匿名の「不幸の手紙」が投函された。

グローズヌイの学校での最後の一年を、わたしは生涯忘れないだろう。同級生のチェチェン人の女の子とわたしは、校庭で生きるか死ぬかの、文字通り血を見る喧嘩をした。喧嘩の原因が何だったのかはもう覚えていない。覚えているのはただ、周囲に憎悪と攻撃性が満ち満ちていたことだけだ。

この喧嘩のことは母には話さなかった。やがて、母はわたしが外へ出るのを禁じた。新聞には毎日、数多くの殺人と誘拐の記事が載るようになった。母が何よりも恐れていたのは、わたしが誘拐されることだった。二人で外出する時、わたしの金髪を帽子で隠すか、チェチェンの女性がやるようにスカーフを巻くように言った。わたしは怖かったけれど、何も隠したくなかった。ティーンエイジャーだったから、全力で反抗していたのだ。

　ある時、わたしが不平不満を言っていると、轟音にさえぎられた。両手で頭を覆い、テーブルの下へ身を隠した。突然明かりが消え、わたしたちのアパートは暗闇の中に沈んだ。

「なるべく早くここを出て行かなくちゃ。本格的な戦争が始まるわ」不安な声で母がつぶやいた。

　母はアパートを売ろうとしたが、グローズヌイの不動産は、もはや誰にも価値がなかった。

「グローズヌイでは、軍の部隊から武器が盗まれています」白黒テレビから『ヴレーミャ』のアナウンサーの言葉の断片が聞こえた。窓の外では絶え間なく火事の赤い色が揺らめいていた。町の郊外では無数の油井《ゆせい》が燃え、銃声が止まなかった。

　一九九四年一二月、グローズヌイに戦車が進軍してきた。ボリス・エリツィン[4]は、叛乱を起こしモスクワの指示に従わない共和国に、軍事力によって憲法秩序を再建することを決めた。第一次チェチェン戦争が始まった。この戦争は暫定的停戦で終焉を迎える。九九年、プーチンが権力についた後、戦争は継続された。概算によれば、この戦争の期間、チェチェンでは五万から九万の民間人が殺された。数十万人が難民となった。

　アパートを捨て、わたしたちは本格的軍事行動が始まる前にグローズヌイから逃げた。避難民でぎゅうぎゅう詰めの列車で、わたしたちはロシア南部のクラスノダル地方（クバニ）に着いた。

「この部屋は、あなたがわたしたちの化学実験所で働いている間は貸し出します」わたしたちをラドシュスカヤ村のはずれにある古びたバラックに案内しながら、女性管理人が言った。「薪ストーブはあるけど、薪は調達しておくれ。トイレは納屋の向こうの中庭にある。ボンベにはレンジ用のガスが入っているけど、ストーブで煮炊きするほうがいいよ。ここじゃみんなそうしてる」

管理人は去っていった。わたしたちだけが、がらんとした部屋の真ん中に残された。以前は快適なアパート暮らしだったから、この生活環境はショックだった。

それはソ連が崩壊した直後の一九九〇年代半ばで、潑剌《はつらつ》とした自由の精神がロシアに到達し、民主化改革が始まった頃だった。しかし同時に不確実で貧しく、未曽有の凶悪犯罪がはびこる時代でもあった。母が働くことになった化学実験所が稼働することはなかった。エンジニアは当時まったく無用の存在だった。他の解決策はなかったので、食料を買うカネを稼ごうと、母がクラスノダルから衣料品の詰まった大きな袋を担いできて、地元の市場で売りさばいていたのを覚えている。売り買いに不慣れな、インテリの弱々しい女性だった母はいつも騙された。惨めなほど現金がなかった。

「今日の夕食は五ルーブルですんだわ」ある時、母がうれしそうに言った。「ソバ粉とエンドウ豆を安売りで買えたのよ」

こうしたストレスが祟ったのか、母に悪性の腫瘍が見つかり、手術を受けた。病院に見舞いに行くときには、何か家で作った食べ物をもっていくことにした。母を助ける人はわたし以外、誰もいなかったからだ。

新しい学校の同級生たちは、グローズヌイから逃げてきたわたしを軽蔑する素振りを見せた。わたしはクラスで唯一の避難民だったので、いつも嘲笑といじめの対象だった。この地域には独自のメンタリティーがあった。余所者《よそもの》は好かれないのだ。

「おまえの場所は一番後ろの席だよ、この出来損ない。こっちに近づこうなんて思うなよ。わかったか?」カラフルなスパンコールがキラキラ光るジャケットを着た同級生のガーリャが脅すように言った。

わたしは唇をかんで一番後ろの机に座った。実際わたしの見かけはひどいものだった。まだら模様の伸びきったセーターに、安い模造革の底がすり減ったブカブカの長靴、手にしていたのはポリ袋で、これが学校カバンの代わりだった。しかし内心、怒りがいつも煮えたぎっていた。

朝はバラックの家から学校まで、コルホーズ員たちを農場まで運ぶバスに乗って行った。放課後は歩いて帰るしかなかった。毎日わたしは一人で学校から家までの七キロ近いほこりだらけの田舎道を歩き通さなければならなかった。誰も見ていない時、わたしは時々、戦争を呪って泣いた。

家に帰ると本の世界に没頭した。寒く、暖房のない、漆喰《しっくい》のひび割れたバラックで、学校の図書室から借りてきたトルストイやグミリョフ、ソルジェニーツィン、ドライサー、オーウェル、カフカ、レマルクなどの本を立て続けに読み、ブローク、エセーニン、アフマートワ、ツヴェターエワ、ベッラ・アフマドゥリナなどの詩を暗唱した。当時わたしに希望の光をくれた唯一の人は、文学の先生だった。先生はわたしを褒めてくれた。わたしはクラスの皆の前で、詩や、物語詩でさえ全部、表情豊かにいくらでも朗読することができた。

母は回復期に入った。医者が重い荷物を運ぶことを禁止したため、母は地元のラジオ局で働くことになった。まさにこの時、わたしは自分が戦争や紛争に苦しむ人びとを助け、虐げられ打ちのめされた人びとを守るために、ジャーナリストになりたいと思った。

二〇〇〇年、地元クラスノダルのテレビ局で働いていたわたしは、グローズヌイを訪れる機会を得た。[5] 大統領全権代表ヴィクトル・カザンツェフとチェチェンの首長アフマト・カドィロフを乗せた軍用ヘリがロストフ・ナ・ドヌーを飛び立ち、グローズヌイへ飛行コースをとった。公式発表によれば第二次チェチェン戦争は終結したが、グローズヌイではまだ銃撃戦やテロ行為が続いていた。

ベータカムの大きなビデオカメラを担いだカメラマンと一緒に、わたしは後部の木製の腰掛に座り、窓の外を見つめていた。わたしたちはグローズヌイへ飛ぶ政府高官に同行する唯一の取材班だった。下には黄色と緑と黒の畑に切り分けられたボロ毛布のような大地があった。わたしは息をつめて遠くを見つめ、あと何時間かで子供時代の町に降り立つのだと考えた。

グローズヌイの中央広場〈ミヌートカ〉の上を飛びながら、わたしたちの軍用ヘリは絶え間なく赤外線フレアを撃ちだした。何十ものロケット弾が光りながらさまざまな方向へ飛んでいった。遠くからだと花火のようだが、これは囮《おとり》の熱ターゲットで、敵の自動追尾式ミサイルからわたしたちを守ってくれていた。わたしは馴染みのある通りを眺めようとした。けれども下には建物の陰気な瓦礫が見えるだけだった。政府庁舎の一角に着陸した。

翌日、チェルノレチェンスキー地区に連れて行って欲しいと頼んだ。誰もわたしたち撮影班に同行しようとしなかった。そこへ行くのはきわめて危険だったからだ。説得を重ねてようやく一台の装甲車と戦闘員グループを手配してくれた。懐かしい家があった場所に近づくと、入口が見えた。砲弾がキッチンを直撃していた。アパートはすべて瓦礫のヤマとなっていた。壊れた鉄板の横に、埃に厚く覆われた、わたしのベッドの背を見つけた。涙をこらえることができなかった。

「泣くな……。もう行こう。ここは危ない」カメラマンが言った。

カメラマンは大急ぎでいくつかの映像を撮影した。半壊したアパートから人びとが出てきた。昔の隣人が何人かいた。彼らはどこにも逃げられず、水道も電気も暖房もないまま瓦礫の中で生活していた。二〇〇三年には国連は、第二次大戦以降、地球上でもっとも破壊された町としてグローズヌイの名を挙げた。

帰途、わたしは一言も発することができなかった。

それ以来、わたしは戦争を激しく憎悪した。ロシア軍が夜陰に紛れ、背信的にウクライナに侵攻した瞬間が、わたしにとっては引き返すことのできないポイントになった。わたしの内なる叛乱は日を追って膨らんでいった。

1ピオネール　共産主義少年団。ソ連の愛国心を養うための組織で、赤いスカーフが特徴。
2ミハイル・ゴルバチョフ　（一九三一〜二〇二二年）ソ連最後の最高指導者。ペレストロイカ（立て直し）とグラスノスチ（情報公開）を推進。一九八九年一二月、東西冷戦の終結を宣言。九一年八月の保守派によるクーデター未遂を契機に失脚。一二月に大統領を退き、ソ連は崩壊した。
3ジョハル・ドゥダーエフ将軍　ソ連空軍少将を経て、チェチェン分離独立派の初期指導者となった。
4ボリス・エリツィン　（一九三一〜二〇〇七年）ソ連崩壊で生まれたロシア連邦の初代大統領。ソ連末期は改革派として人気を集め、ソ連のゴルバチョフ大統領に代わって影響力を拡大。ウクライナ・ベラルーシの二共和国とともにソ連からの離脱と独立国家共同体（CIS）樹立を宣言して、ソ連を事実上解体させた。
5アフマト・カディロフ　チェチェンの指導者。第一次チェチェン戦争では抗戦を訴えたが、後にロシア政府との協調に転じ、二〇〇四年に分離独立派によって暗殺される。プーチンの後ろ盾を得て強権を振るう現チェチェン共和国首長（知事に相当）のラムザン・カディロフは息子。

8　イギリスのスパイか裏切者か
——二〇二二年三月二〇日

生放送での抗議から五日経った。隠れているのはもうたくさんだった。ガシンスキー弁護士に、家に帰らせて欲しいと頼んだ。

クルマはゆっくりとモスクワ郊外の、庭付きの一軒家が立ち並ぶ、高い塀に囲まれた住宅地のゲートに近づいた。夜遅かった。眠たげな警備員が面倒臭そうに遮断機を上げた。わたしたちは住民だけに開放された敷地に入った。この平穏なオアシスには新築の二階家が二〇〇戸建っていた。一部はまだ建築が終わっていない。

野葡萄の蔓《つた》がからまる茶色い低いフェンスの脇でクルマが停まった。弁護士と一緒に小さい二階家に入った。黄色く塗られた壁は天然石だった。

「いいところですね」ガシンスキーが感心して言った。

「ええ、子供たちにとっては天国です。まわりには森も湖も小川もあって静かですから。ありったけの時間とエネルギーをこの家に注いだんです。子供たちが幸せな子供時代を送れて、何不自由しないように」

弁護士は帰った。娘を寝かせて一階に下りた。息子は自分の部屋で受験勉強をしていた。台所では二匹のゴールデンレトリバーが餌をねだっていた。母犬と六ヵ月の遊び好きなメスの子犬だ。五匹の兄弟姉妹はいろいろな国にもらわれて行った。この子犬だけ、まだもらい手を見つけられなかった。サイトを開いて、いつもの通りメーカーにドッグフードを注文しようとした。「あなたのアカウントはブロックされています」モニターに通知が出た。たぶん何かの間違いだろうと思った。

ワインをグラスに注ぎ、チーズを切り、ソファーに腰を下ろし、一息つこうとした。ところが携帯がひっきりなしに鳴る。友人や知り合いや外国の記者からのメッセージが立て続けに着信していた。返信する暇もなかった。元の同僚からのメッセージがスクリーンにポップアップした。「見た？　たったいま、あなたはイギリスのスパイだと言われていたわよ」送られてきたリンクを開いた。

「今週の出来事をもうひとつ」スクリーンには第一チャンネルの馴染みのあるスタジオと赤いワンピースの見栄えのするブロンドのニュースキャスターがあらわれた。「月曜日の『ヴレーミャ』の生放送中に、MCの後ろに紙を広げた女性が映りました。わたしたちは時間をかけて調査しました。この件について第一チャンネル報道局長キリル・クレイミョノフから一言。いま、わたしの隣にいます」

ニュースキャスターの隣にわたしの元の上司がダークスーツであらわれた。

「こんなことで皆さんの前に出たくなかったのですが」クレイミョノフが憂い顔で言い、視聴者にもう一度、放送でのわたしの反戦抗議を見せた。「この映像は、直後に欧米のあらゆる有力メディアで流れました。これは偶然ではありません。皆さんもご承知の通りです。テレビセンターの入口には、直後に女性の弁護士が待機していました。われわれの情報によれば、これより前、マリーナ・オフシャンニコワはイギリス大使館と連絡を取っていました。皆さんは外国の大使館と電話連絡をとりますか？ ビザの窓口ではなく大使館、たとえ文官であるにしても、大使館員と。少なくともわたしは、そんなことをしたことはありません。何の用もないからです。スパイに用はありません。こんなことをするのは特殊な訓練を受けた者です。わたしはありのままを語りたいだけです。感情の高ぶりと裏切りはまったく別のものです。裏切り――それは人間の個人的な選択であり、防ぎようがありません。しかし、もし銀貨三〇枚の行為を『感情の高ぶりのせいだ』と言うなら、世界の歴史は別のものになっていたでしょう」

裏切り者について第一チャンネルが使ういつものレトリックだ。わたしは一瞬息が詰まりそうになった。

この時、キッチンに息子が下りてきた。

「どうしたの？」息子がきいた。

「笑っちゃうわね。あなたのママはイギリスのスパイなんだって。クレイミョノフがいまさっきオンエアでそう言ったわ」

「ハハハ、見せて」二メートルはあろうかという息子の、大きな低音が響いた。「もしママがスパイなら、現代で最低のスパイだろうね。なんでも秘密をしゃべりちらすだろうな」息子は笑った。

「第一チャンネルがどうやってプロパガンダをやってるか、わかったでしょう」

「だから僕はぜったいにテレビでは働きたくなかったんだ」

「あなたが親の道を行かずに医学部に進もうと決めたのはとてもうれしいわ。でもね、わたしとパパがあなたにキリルって名前をつけたのはキリル・クレイミョノフにちなんでだって覚えてる?」

「覚えてるよ。じゃあ寝るよ。テレビのバカ話を聞いているヒマはないんだ」

翌朝、イギリス大使館は、第一チャンネルの報道局長キリル・クレイミョノフが語った、わたしとイギリス大使館との関係についての発言は虚偽だとした。「われわれはオフシャンニコワと連絡をとったことはない。これは虚偽情報マシーンが広めた、いつものウソだ」

スパイと裏切り者という言葉は、第一チャンネルの好みのプロパガンダ手法だった。二〇一八年、ソールズベリーでのスクリパリ毒物事件[1]の後、第一チャンネルの報道局長クレイミョノフは、罪があることを事実上認めた。生放送で彼は、クレムリンはスクリパリの毒物事件のみならず、イギリス国内で起きた何人かのロシア人の謎の死に関与していることを認めた。

「わたしは誰の死も望みません」クレイミョノフは言った。「だが、このような職業に憧れているすべての人に警告しておきましょう。裏切り者という職業は、この世でもっとも危険なものの一つです。統計的には麻薬の運び屋よりはるかに危険です。この職業を選んだ者が、白髪の年までおだやかでなごやかに生きることはきわめて稀だと言えます。

滞在先の国としてイギリスを選んではいけません。イギリスは何か変です。気候のせいかもしれません。最近イギリスでは、首を吊ったり、毒を盛られたり、ヘリコプターが墜落したり、窓から転落したりというような重大な結末を伴う奇妙な出来事が、ビジネスのような規模で多発しているのです」

当時のわたしは黙々と出勤し、機械的に自分の仕事を済ませ、なるべくこの汚泥に汚れないようにと、早々に家に帰っていた。

朝、わたしはガシンスキー弁護士と一緒に、オスタンキノへ行った。これが最後だった。テレビセンターの広大な駐車場から自分のクルマを取ってこなければならなかった。ゲートに近づくとガシンスキーはクルマのカギを持って警備員のところに行った。わたしはゲートの外でガシンスキーを待った。数分後に携帯が鳴った。

「クルマにエアーポンプはありますか？」

「もちろんあります。どうしたんですか?」

「全部のタイヤに穴が開けられているか、さもなければ空気が抜かれているんです。空気を入れてみます」

「わかりました。これは小さな復讐だと思います。たぶん、オスタンキノに『イギリスのスパイ』が入り込んだといって、警備をクビにされた人がいるんでしょう」

ガシンスキーは大声で笑った。三〇分ほどするとガシンスキーはわたしのSUV車をゲートの外まで運転して来た。

「空気を入れました。空気が抜けるわけではなさそうですね。いますぐ洗車とオートサービスに行ったほうがいい。しっかり洗車して、入念に見てもらってください。盗聴器もあるかもしれない」

「盗聴器がどんなものか、オートサービスは知ってるかしら」わたしは笑った。

オートサービスに着くと、わたしは整備員に点検を頼んだ。

「このクルマの外も中も、特に底の部分に見慣れないものがないかチェックしてください」

整備員の眼に驚きが読み取れた。彼は注意深くクルマを点検したが、怪しいものは見つからなかった。わたしは気持ちが楽になった。

携帯のメッセージの洪水は止まらなかった。ヨーロッパだけではなくラテンアメリカの記者もメッセージを送ってくれた。この状態から抜け出さなければならない。そうしないと気がおかしくなる。スポーツクラブに向かいながら、そう考えた。

「トレーニングルームのキーをください」会員カードを見せて受付に言った。

「お客さまのカードはブロックされています」受付の若い男性が、目を床におとして言った。「あなたは今、わたしたちにとっては〈好ましくない人物〉なんです」。クラブは一方的に契約を破棄したのだった。

言い争う気はなかった。わたしは踵《きびす》を返すと、河岸通りにジョギングに向かった。

1 スクリパリ毒物事件　二〇一八年三月にイギリス南部ソールズベリーで、ロシアの元スパイ、セルゲイ・スクリパリとその娘が毒殺未遂に遭った事件。メイ首相（当時）は、ロシア軍参謀本部情報総局（GRU）による犯行と断定、ロシアを非難した。

9　ＦＳＢの監視のもとで

ＳＮＳのわたしのアカウントは全部ハッキングされていた。アクセスを回復しようとしていると、インスタグラム上にわたしの名前とわたしらしき写真を使ったフェイクページがあらわれた。アカウント上には現代の鉤十字といえるＺとＶのシンボルだらけで、ウクライナでのいわゆる〈特別軍事作戦〉を支持する投稿であふれ返っていた。

生放送での抗議から一〇日が経ってようやく、わたしのフェイスブックとインスタグラムのアカウントを復旧することができた。知人からのメッセージを読み始めた。

「マリーナ、あなたはジャーナリズムへのわたしの信頼を取り戻してくれた！」

「これはさわやかな一陣の風、真実をありがとう！」

「マリーナ、頑張れ、われわれはあなたとともにいる！　気をつけて！」

第一チャンネルの女性の同僚からのメッセージもきていた。

「あなたはプロフィール・ヘッダーにミッキーマウスを描き忘れてるわ。ヨーロッパで治療しなさい、なるべくこの国から遠く離れて。ミッキーも一緒に連れて行ってね。あなたもミッキーもこの国にはふさわしくないのよ」

その下には見知らぬ人からのメッセージがあった。

「くたばれ、裏切り者！」

この時、わたしは『ニュータイムズ』誌の編集長エフゲニヤ・アリバッツの生放送での質問を思い出した。

「もし誰かが、『あんたは俺たちの大統領に逆らった。プーチンはあんたみたいな裏切り者は、口に飛び込んだハエのように吐き出しちまえ、と言ってたぞ』と言われたら何と答える？」

わたしは答える前に一瞬、考え込んだ。

「そんな人に会わないことを願っています。まわりにはそんな人はいません。わたしはモスクワの静かなところに住んでいます。そんな攻撃的な人はいないし、みんな思慮深く理解のある人たちです。もしわたしの立場に賛同しない人がいるとしても、脅迫は来ないと思います」

わたしは間違っていた。プーチン支持者からの脅迫の洪水はやまなかった。精神状態を正常に保つため、SNSのメッセージはもう読まないと決めた時、たまたまサマラに住む二四歳の女性からのメッセージが目にとまった。クリスティーナはSNSのスペシャリストで、わたしを支援するためにSNS面での無償の援助を申し出てくれた。

深く考えもせず、わたしはお願いした。この情報の洪水を一人で処理するのは不可能だったからだ。時間が経つにつれてわたしたちは親しくなった。クリスティーナは頼みの綱になっていた。夜でも昼でもどんな時でもクリスティーナは助けてくれたし、わたしのミーティングや旅程についてもすべて知っていた。グーグルやツイッターにたくさんのリクエストを送ってくれた。SNSに二重防御をセットしてくれたし、フェイクアカウントと格闘し、弁護士ともやり取りしてくれた。

「どうやってクリスティーナと知り合ったんです?」バダムシン弁護士のオフィスに行った時、彼が尋ねた。

「偶然、インターネットで知り合ったんです」

「なんですって? SNSのパスワードを全部教えたんですか?」

「はい。なにしろ助けてくれますから」

「一度でも会ったことはあるんですか? 彼女は諜報機関の回し者かもしれないじゃないですか?」

「そうは思いません。一度もわたしを裏切ったことはないし、なぜか彼女を信頼してるんです。わたしの直感が裏切らないことを願っています」

「ハハハ」——意味ありげにバダムシンが薄笑いを浮かべた。「一度も会ったことのない人間を信じる。ふむ、どうなることやら……」

「あなたこそ、ＦＳＢの回し者なんじゃない？」わたしは冗談で言った。

「もちろん、わたしについては、ＦＳＢのために仕事をしているという噂がいつも広まっていますよ」

「わかったわ。気を許さないようにしないといけませんね。三〇分後にイタリアのテレビ局ライの中継があるんです」

「経済制裁は一般の人たちの生活の妨げになっているって、言ってやってください」

「もちろん制裁はプーチンとその周囲、権力を握っているあの犯罪者集団に加えられるべきだと思います」

「イタリアの、どんな番組なんです？」

「『夜のウルガント』みたいな夜のトークショーです」わたしは中継にスイッチをつないだ。「生放送なんです」

モニターには『ケ・テンポ・ケ・ファ』の堂々とした司会者ファビオ・ファツィオが映っていた。

「こんばんは。今日のゲストは国営テレビの生放送でロシアの侵攻に公然と反対したロシアのジャーナリスト、マリーナ・オフシャンニコワさんです」

わたしはまた生放送での抗議について詳細を語り、この犯罪的な戦争を始めたプーチンに反対だと言った。

「あなたの話を聞いている人たちに伝えたい大切なことがあるんですよね」

「ひとつ、大事なことを付け加えたいと思います。いま多くのロシア人はウクライナ人とともに苦しんでいます。もちろんロシア人は銃撃されることはないし、空爆されることもありません。でも世界のロシア人憎悪はたいへんな規模になっています。制裁によって普通の人びとも苦しんでいます。彼らは制裁に直面して、ますますプーチンのまわりに結束しています。世界のロシア人憎悪はロシア社会で逆効果を生んでいるのです。ですからわたしたちはロシアとヨーロッパの間の対話を作り出すことが必要です。この対話は文化を通して可能です。わたしたちの関係は文化を通してのみ再構築できるのだと思います。文化こそがわたしたちをひとつにできるのです」
「そうですね。わたしたちは皆、偉大なロシア文化の一部です。いまわたしたちはドストエフスキーを読み直さなければなりません。マリーナ、あなたの勇気にもう一度ありがとうと言わせてください」ファビオ・ファツィオは別れを告げた。

　戦争の最初の一ヵ月が終わろうとしていた。その時わたしは、戦争を仕掛けた罪はプーチンにだけある、と考えていた。数日後、すべてが変わった。世界中がブチャ[1]でのロシア兵の残虐行為の報道を見て戦慄した。わたしは見出しを読んで血が凍る思いがした。

　AFP——少なくとも二〇人の遺体をキーウ近郊の町の通りで発見

『ガーディアン』――ブチャの恐怖。ロシア、民間人の拷問と大量殺害の責任を問われる

これはプーチンの戦争であるだけではない。ブチャでは特別な戦争犯罪人が活動していた。

「どうやったらウクライナの民衆の前でわたしたちの罪を贖うことができるのか、わたしにはわからない」翌日自分のＳＮＳにそう書いた。心臓が苦しくムカムカした。わたしはウクライナ人をなんとかして支援したかった。でもどうすればいいのか見当もつかなかった。

数日後、テレグラム・チャンネルで「難民は衣料品と衛生用品を必要としています」というメッセージを見た。その下にモスクワから二〇〇キロほど離れたカルーガ州の保養所の住所が書いてあった。

「どんな支援が必要なんでしょうか？」電話してきいてみた。

「必要なものは、服、靴、ことに子供用の衛生用品です。子供が大勢いるんです。一番小さい子はハリコフから来た生後二ヵ月の赤ちゃんです。二歳から一二歳までの大勢の子供がいます」電話の向こう側で女性の声が答えた。

世話焼きの友人や近所の人たちが、わたしの家に物資やオモチャを運んできた。それから全部を一ヵ所に集め、梱包し、どの袋に何が入っているのかをわたしに教えて

くれた。

「これはハリコフから来た二ヵ月の赤ちゃん用の紙オムツ。これは母親に必要な物。全部渡してください」最近ママになったばかりの若い女性が言った。

「もちろん渡すわ。心配しないで」

三日後、自宅の一階は物資の入った袋で一杯になった。感謝の印にといって、わたしが罰金を払えるよう匿名で三万ルーブルを銀行に振り込んでくれた人がいた。わたしはそのお金も難民救済に当てることにした。物資は軽トラックを発注しなければならないほど多かった。

翌日、日本の大きなテレビ局のクルーがわたしと一緒にカルーガ州に行った。わたしたちは前日、インタビュー収録の時に知り合った。

保養所の門は閉まっていた。入口には警備員が一人、見張りをしていた。何人かの警察官もいた。保養所の中に入る許可が出なかった。黒い革ジャンパーを着た、ふてくされた中年の女性が出てきた。

「何を持ってきたの？　ここの人たちはべつに困ってなんかいないよ。新品だけもらうわね。残りは赤十字に持って行って」

「どういうことなの？」わたしは驚いた。「電話ではぜんぜん別のことを言ってたじゃない。わたしたちはジャーナリストです。難民の人たちと話せませんか？」

「だめよ。ここは検疫で封鎖されてるんだから」

クルマの脇には二人の私服警察官が立っていた。彼らは人道支援物資の荷卸しを撮影するカメラマンをじっと追っていた。

「この人たちは難民というより人質みたいだわ」クルマに乗り込み、赤十字に向かう途中、わたしは言った。

「本当に厳重に警備されていますね。とても話を聞けそうもないですね」日本のテレビ局のディレクターが言った。

この時ディレクターの携帯が鳴った。彼は日本語で話し始めた。わたしはチンプンカンプンなので、彼の身振り手振りを追っていた。一言話すたびに彼の顔は緊張し暗くなった。

「どうも厄介なことが起きたようです」ディレクターが言った。「モスクワに戻りましょう。この動画は放送できません。消去しなきゃならないんです」

「どうしたっていうの？　この取材のたったひとつのビデオよ。あなただって廃棄するわけにはいかないでしょう。写真は数枚しか撮れなかったわ。何があったの？」

「東京の上司からたったいま電話がありました。ロシア当局から東京に電話が行って、放送するなと言われたんです。さもなければモスクワ支局を閉鎖する、と」

「脅されてるわけね」

「東京からの命令です。従わないわけにはいかないんです。すみません。リスクが大きすぎます」

「じゃあ言論の自由はどうなるの？　なぜクレムリンの言うなりなの？」

「この件はどうしようもないんです」ディレクターは視線を落とした。

クルマのナンバーから割り出されたのだろう。クルマはモスクワ支局に登録されていた。

「見事な早さね。ここに一時間もいないのに、あなた方を割り出して日本の本社に電話するなんて。この素材は放送できないのね？」

「絶対無理です。クビにはなりたくありません」

「じゃあ、このビデオをわたしにくれないかしら。他の記者に渡すから」

「すみませんがそれはできません」ディレクターは答えた。

クルマの中に重い沈黙が広がった。

ＳＵＶ車の窓の外には裸の木々が通り過ぎて行った。疲れきり、絶望したわたしたちはモスクワ環状自動車道路に入ろうとしていた。

1ブチャ　キーウ郊外の町。ウクライナ侵攻でロシア軍に占領され、解放後の二〇二二年四月に虐殺された多数の市民の遺体が見つかり、西側諸国が「ロシア軍による戦争犯罪」と非難。ロシア側は「ブチャ虐殺はフェイク」と全否定している。

10　ジャーナリズム、それはユニークな職業
――一九九六年～二〇〇二年、クラスノダル

わたしはストレートで大学に入れなかった。授業料免除となるには評価が一つ足りなかったのだ。ジャーナリズム学部で勉強できるよう、泣きながら母にお金をせがんだが、難民のわが家にそんな余裕はなかった。一年間、大学の予科に通い、朝から夜遅くまで試験勉強をした。人生には「一回休み」を取らざるをえないこともある。その頃のわたしには何の気晴らしもなかった。幸い、この刻苦も無駄にはならず、翌年の夏、わたしの目的は達せられた。

「ジャーナリズム、これは一つの職業だ。もしジャーナリズム学部にいて記事も書かず、リポートも撮影しないのなら、この仕事には向いていないということだ」

最初の講義で教授が言ったこの言葉を、わたしはその後ずっと覚えていた。一年生の時から仕事を探して走り回った。最初はフリーランスで地元新聞に記事を書いた。その後はラジオのリポートをやった。二年生になってテレビに関わった。

それはクラスノダル地方のメインニュース番組だった。視聴者数は五〇〇万人。編

集部はインターン学生ばかりだった。テレビはわたしたちの生き甲斐となった。わたしたちは無償で働き、文字通り仕事に燃え、朝から夜遅くまで撮影に駆けずり回った。

ジャーナリズムの仕事は中身の濃さと多様さでわたしにピッタリだった。休日はいらなかった。月曜日は映画祭に行き、火曜日には牛舎へ行き、水曜日は役人と会い、木曜日は刑務所に行って殺人犯のインタビュー原稿を書き、金曜日には旱魃《かんばつ》のリポートを作り、土曜日は壊れた排水設備についてリポートし、日曜日には汚職の原稿を書いた。

これは現代ロシアのジャーナリズム史における「黄金時代」の最後だった。まわりにはまだ絶対的な自由の精神があった。わたしはすべての人びとを無法状態から救いだし、すべての犯罪を暴きたかった。そして、すべての道路を市役所に補修させたかった。ジャーナリストになれば、公共善のために現実の力になれると思えたのだ。でも、わたしは若く、ナイーブだった。現実ははるかに厳しかった。

ある日の夜遅く、テレビ局で帰り支度をしていた。

「マリーナ、きみのほかはもう誰もいないんだが」編集長が言った。「緊急の仕事がある。いますぐ空港に行ってくれ。一時間後にＦＳＢのウラジーミル・プーチン長官が到着する。インタビューしてきて欲しい」

「何についてですか？」

「わからない。秘密ばかりで、何の情報もない。クラスノダル地方への訪問の目的を聞いてきてくれ」

「わかりました、現場で様子を見ます」

雨が降っていた。遠くに滑走路の灯りが見えた。カメラマンと一緒にクラスノダル空港のビジネスラウンジにいた。わたしたちのほか、記者は誰もいなかった。三〇分後、ダークスーツの数人の男たちが入ってきた。その中に、つい最近FSB長官に任命された人物を見つけた。

「こんばんは！　ウラジーミル・ウラジーミロヴィチ。クラスノダル地方への今回の訪問の目的をお話しいただけませんか」マイクを突き出してきいた。

「わたしの訪問の目的も知らないのか？　いったい何をしてるんだ」プーチンは苛ついた声で答えた。「クラスノダル地方におけるFSBの新たなトップを任命するために来たんだ」

プーチンはサッとマイクから身をかわすと、警護に伴われて、待っている黒いリムジンへと足早に歩いて行った。二つ目の質問をする暇もなかった。いま会ったばかりの人物がロシアの独立系メディアを完全に一掃し、そして世界秩序の変更を試み、何百万もの人びとを苦しめることになるとは、まったく思ってもみなかった。

そしてまた、わたしの下の学年で学び、ジャーナリズム学部でこれといって目立たなかった女子学生マルガリータ・シモニヤンが、数年後、不愉快きわまるテレビ局ロシア・トゥデイ[1]を統括し、プーチンのプロパガンダの主役になるとは思いもしなかった。戦争が始まってから、シモニヤンはウクライナを核攻撃せよと煽《あお》ることになる。

　わたしがマルガリータ・シモニヤンのことを初めて耳にしたのは、地方のテレビ局で働いている時だった。シモニヤンは地方の通信員として自分の素材をモスクワのテレビ局ロシアに伝送しようとした。これができるのはテレビ局のリモートルームからだけだった。しかしクバニのテレビ局の社長ウラジーミル・ルノフはシモニヤンを入れなかった。社長の判断では、シモニヤンは能力も外見もこれといって抜きんでたところのない下っ端にすぎなかった。シモニヤンはどうみても中央のテレビ局に行けるはずがなかったのだ。

　ところが社長は大きな間違いを犯していた。当時プーチン政権が期待していたのは、こうした風采の上がらない地方出のキャスターだった。プーチン政権はそういう人物を探していたのだった。モスクワには教育レベルの高いジャーナリストはヤマほどいる。しかし突然新しく設立され、数十億ルーブルの予算のついたチャンネル、ロシア・トゥデイを統括することになったのは、二五歳のまったく無名でクラスノダルから出てきたマルガリータ・シモニヤンという名の女性だったのだ。大統領府のアレクセイ・グローモフ[2]と知り合いだったことが役に立ったのだとか、アルメニア人ネットワークのコネがあったからだとか言われた。本当なのか、それともただの噂なのか、確かめるつもりはない。

当時のわたしはマルガリータ・シモニヤンの運命に関心がなかった。クラスノダルのテレビ局でのわたしのキャリアは上り調子だった。リポーターから夜のニュース番組のキャスターになり、その後ニュースのチーフディレクターのサブになった。そして自分の番組を持つようになった。無所属候補としてクラスノダル市議会選挙に立候補したが、残念ながら落選した。当時わたしはプーチンに心酔していて、国家権力の中で働きたいと思っていた。だからモスクワにある大統領行政アカデミーの情報政策講座に入った。

けれどもキャリアの階段を上れば上るほど、記者への圧力は強くなっていった。これはプーチンが権力の座に就くと、すぐに明確になった。中央のニュース番組は大統領の話題から始まり、地方のニュースは知事から始まった。

地方行政府からの電話はひっきりなしだった。電話をかけてくるのは副知事の女性で、知事の昔からの友人だった。それまで彼女は農業企業体で働いていたのだが、いまは記者たちに指示を与えていた。

「トカチョフ知事だけを映せばいいんです。副知事との会議、それから畜産家との会合。なぜ昨日は知事の病院訪問を放送しなかったんですか？　編集が間に合わなかったって、なぜ？」

「ただ間に合わなかったんです」ニュースチーフが答えた。「昨日は乗客を乗せたバスの大きな事故があり、多くの人が死亡したんです。それがメインのニュースでした」

「メインのニュースは知事でしょう！」憤懣やるかたない声で、副知事が電話のあちら側で叫んだ。

　これ以上小役人の利益に奉仕したくなかった。若い記者たちは地方の息が詰まるような空気から必死に抜け出そうと試み、モスクワに出て行った。わたしもモスクワに飛び出したかったが、わたしには決断力が足りなかった。そこへ偶然が手を貸してくれた。突然わたしたちのテレビ局の指導部が代わった。気に入らない職員の解雇が始まったのだ。

「あなたはもうニュース番組の司会をやらなくていいわ。番組も終わりにします」豊かな金髪の巻き毛の、中年の新しい上司が、声に不快さをにじませてわたしに告げた。一瞬のためらいもなくわたしは書類をひっつかむと辞表を書いた。数日後、クラスノダルのすべてをなげうって、わたしはモスクワへ飛んだ。わたしは人生を新しく始めなければならなかった。テレビの仕事を見つけるのを手伝ってくれる、という友人のぼんやりとした約束だけがあった。銀行のキャッシュカードには二ヵ月分の生活費が残っているだけだった。

1 ロシア・トゥデイ　ロシアの国際ニュース放送局。通称「RT」。プーチン政権の立場から発信し、西側諸国ではプロパガンダ・メディアとみなされ、放送が禁じられるケースも。ロシア保守層を代表する言論人マルガリータ・シモニヤン（アルメニア系）が編集長を務める。

2 アルメニア　コーカサス（カフカス）地方にある旧ソ連構成国の一つ。第一次世界大戦中、オスマン帝国から「アルメニア人虐殺」と呼ばれる迫害を受け、世界各地に離散した。

11 身内のプライベートクラブ
——二〇〇二年～二一年、モスクワ

モスクワは身を刺すような風と寒さでわたしを迎えた。わたしが飛行機から降りるや否や、テロリストたちがドゥブロフカの劇場を占拠[1]し、チェチェンからの軍の撤退を要求した。九〇〇人を超える人質を取っていた。それに続く三日間、ロシア中がテレビに釘付けになった。現場からの中継が続いた。

「早く帰って来なさい」恐怖にかられて母が電話をしてきた。しかしわたしは覚悟を決めていて、戻るつもりはなかった。郊外に部屋を借り、本気になって仕事を探し始めた。

ここでまた地獄の円環を通り抜けなければならなかった。まず新聞のフリーランスから始めて、次は広告代理店、そしてスポーツチャンネル。

「今晩から来てください。試しにエディターをやってみてもらいましょう。見出しは書けるでしょう?」

オスタンキノの新しい知り合いは第一チャンネルのニュースのチーフエディターだ

った。

わたしは思いっきりうなずいた。自分の幸運が信じられなかった。第一チャンネルで働くことは、わたしの長年の夢だった。コネもなく「素性」もわからない者が第一チャンネルに入ることは不可能だった。

「ここは身内のプライベートクラブなんですよ」と彼は説明した。「誰かの友達や子供や妻、といった人たちが働いている。インターンでとってくれても、最後に契約となるかどうかはわからない。何ヵ月間か無給で働いた挙句、悪いね、さよなら！　ということもありうる。後釜には別の無給のインターンをとればいいんだ」

しかしわたしは何でもするつもりだった。朝は大統領行政アカデミーの授業を受けに走り、夜はオスタンキノのテレビセンターに駆けつけた。エントランスで差し出す仮の通行証は紙だったけれども、わたしが特別な階層に属していることの証しだった。

約四ヵ月、わたしは無給で働いた。夜の七時から翌朝の三時まで、通信社のニュースを書き写し、プレスリリースを書き直し、リポートの要約を書いた。これはすべて極東やシベリアの放送用にアナウンサーが読むものだった。モスクワは真夜中でも、あちらではもう昼日中だった。新入りはまず、この地方放送用の作業でしごかれる。

わたしが「身内のプライベートクラブ」に入るのに役立ったのは、わたしがあれほど憎悪していた戦争だった。二〇〇三年三月、アメリカ軍がイラクに侵攻した。その口実になったのが、サダム・フセインは大量破壊兵器を保有しており、フセイン体制は深刻な脅威である、というジョージ・ブッシュ（息子）政権の声明だった。ためらう人びとを説得するためにアメリカ合衆国国務長官コリン・パウエルは、国連の壇上で炭疽菌《たんそきん》の入った試験管を見せた。しかし一年後にパウエルは、イラクには大量破壊兵器がなかったことを認めた。CIAがパウエル長官に提供した情報は間違っていた。軍事侵攻の口実は捏造《ねつぞう》されたものだった。

米軍のイラク侵攻後、第一チャンネルは英語ができる人材を至急募集した。戦闘の最新状況を伝えるCNNやアルジャジーラの放送をエアチェックする必要があった。ついにわたしに契約の話が来た。ただし、毎月更新しなくてはならない契約だ。

さらに半年後、わたしは第一チャンネルの正社員に加えられた。わたしは幸せだった！　人生の暗黒時代が終わり、ようやく選ばれた一握りの者たちのクラブの正会員になれたのだ。

胸を躍らせてメインニュースルームに入った初日のことを覚えている。それは巨大な空間で、窓がとてつもなく大きく、無数のコンピューターが置かれ、真ん中には長いテーブルがあった。テーブルではオンエア班が放送の準備をしていた。集中して番組の進行表を書いている人がいるかと思えば、スタジオのカメラ位置を確認したり、VTRの番号をチェックしたりする人たちがいた。部屋の両サイドには、ガラスのパーティションの向こう側にMCが座っていた。右側には昼ニュースのジャンナ・アガラコワ、左側には『ヴレーミャ』のエカチェリーナ・アンドレーエワ。二人は第一チャンネルのスターだった。二人は天上の住人のようだった。

そのときは、わたしたちの人生が予期せぬことで奇妙に交差することになろうとは夢にも思わなかった。アンドレーエワはプーチンのプロパガンダの顔になる。そのために彼女を個人制裁の対象とした国もある。わたしは彼女のオンエア中に反戦スローガンを叫んだのだが、アンドレーエワは終始何事もないかのような様子だった。後で、わたしの反戦スローガンに同意する、と言ってくれたのだけれど。

アガラコワは圧力が強まるのを感じ、まもなくMCの座を降り、特派員としてパリに行った。戦争開始とともに第一チャンネルを辞め、抗議のしるしにすべての国家賞を返上した。アガラコワはメダルを封筒に入れてクレムリンに送り付け、こんなメモを同封した。

「大統領殿、あなたの指導はこの国を奈落に導いています。あなたの賞を受けることはできません」

ニュースの現場は蜂の巣をつついたように騒がしかった。わたしはコンピューターの前に座り、ニュースのタイトルになる言葉を四苦八苦しながら選び出していた。この国のメインのテレビ局なのだから、あらたまった文章を書かなければ、と考えていた。

「人というのはそれぞれ息をするように書くものよ」アガラコワがブラート・オクジャワの歌詞を引用してわたしの苦しみを解きほぐしてくれた。アガラコワは文章を二、三行入れかえ、いくつか単語を書き換えて、原稿をあっという間に軽快で明瞭にした。午後三時のニュース番組まであと二〇分足らずだった。

「スペインの火祭りの原稿はどこ？　今すぐ必要なんだけど」わたしの後ろに背の低い、大きな青い目の若者が立っていた。わたしが振り返ると目に見えてうろたえた。

イーゴリは二三歳のアシスタントディレクターだった。第一チャンネルにイーゴリを連れてきたのは、オンエアディレクターとして働いている母親だった。イーゴリは「身内」だったが、彼もこの「身内のプライベートクラブ」に入るまでには長い期間インターンをしなければならなかった。

イーゴリはわたしの面倒を見てくれるようになった。同僚に引き合わせ、休憩時間には近くのカフェにランチを食べに行き、職場の異なる友人にも紹介してくれた。当然のようにわたしたちはカップルになった。出会ってから一年後、わたしたちは結婚し、男の子が生まれた。

「キリルっていう名前にしましょうよ。『ヴレーミャ』の最高のニュースキャスター、キリル・クレイミョノフのキリル」わたしがそう提案した。

「いいアイデアだね。この名前は好きだな」夫は賛成した。

二〇一二年末、アメリカの制裁への対抗策として、ロシア議会はアメリカ人がロシアの子供を養子にすることを禁じる決定を下した。人びとはこれを「卑劣漢法」と呼んでいた。おもに発達障害があり、アメリカの里親のもとに行く準備を終えていた二五九人の子供たちが、永遠にロシアに残された。彼らのうちの大多数の生活は、ロシアにはない、あるいはこの孤児たちには手の届かないテクノロジーの支援があればもっと楽になったはずだった。ロシアでは障害者の養子縁組はきわめて困難だった。この子供たちは一生、国営の特別施設で過ごす運命となった。それは監獄と同じようなものだった。

「こんな無慈悲な振る舞いがよくできるものね」わたしは憤慨した。

「プーチンがやってることはすべて正しいよ。われわれの子供たちはロシアに残るべきだ」イーゴリが言った。

イーゴリは出世していった。結婚してからイーゴリはいくつかの国営テレビ局を転職し、最近はロシア・トゥデイのトップ・マネージメント部門にいた。イーゴリの上司になったのは、マルガリータ・シモニヤンだった。

わたしたちの分担は自然と決まった。イーゴリはカネを稼ぎキャリアを積む。わたしは家族と子供の世話をし、都合のいい時間帯で働く。この頃には娘が生まれていた。わたしは出張のない、静かで穏やかな生活が望みだった。

モスクワ郊外の小さなアパートから、住宅ローンを借りて最初は郊外の二部屋の、次に三部屋のアパートに移った。しかしドルのレートが高騰すると住宅ローンの支払いがきつくなった。持ち家を持てないままになるのではないか、という思いがチラついた。そこでわたしは行動することに決めた。アパートを売り、ローンを返し、残った資金で小さな土地を買った。

夢だった家を自力で建てることに決めた。お金はわずかで、課題はとてつもなく難しかった。節約のために何年間か作業監督の役目を引き受けた。わたしの休日は、建築資材の買い付けに始まり、終わりはいつも、またしても溝を掘り忘れたり、壁に断熱材を埋め込む手間を省いたりした作業員たちとの罵り合いだった。

二年後、わたしたちの苦闘は終わり、賃貸からついに自分の家に引っ越した。内装はまだ終わっていなかったし、暖房は作動していなかったけれど、わたしは誇らしかった。野心的なプロジェクトが完成したのだから。ローンからも解放されたし、子供たちも都会の喧騒から離れて成長できるだろう。

イーゴリは部屋の棚に本を並べた。大部分が「ルースキー・ミール」[2]のイデオローグ、アレクサンドル・ドゥーギン[3]の著作だった。はじめのうち、わたしはこのことを深く考えなかったが、時がたつにつれ、プロパガンダは錆のように夫婦関係を蝕《むしば》みはじめた。家では政治の話をしないようにしていたが、友人の家に行くと、わたしたちは声が嗄《か》れるまで議論した。

「クレムリンは国民のことを考えないで、巨額のカネを洗脳に使っているのよ」わたしは夫に言った。「わたしたちの税金がロシア・トゥデイへの基金に使われるのは耐えられないわ。あなたは視聴者の外国人をゾンビにしているのよ」

「俺たちは国益のために働いているんだ」イーゴリは熱くなって反論した。「プーチンは偉大な地政学的戦略家だよ。グローバルに思考している。だいたいテレビはどこでもプロパガンダの道具なのさ。アメリカにはプロパガンダがないとでも思っているのかい？」

「そうね、でもアメリカにはＦＯＸニュースと一緒にＣＮＮもＣＢＳもあるわ。いつでもチャンネルを替えて、見比べたり分析したりすることもできる。イギリスのＢＢＣは、視聴者が自分で年間の契約料を支払う独立テレビ局よ。ところがこの国では寄ってたかってテレビは同じラッパを吹いているのよ。全部クレムリンに操られているから」

「きみは何もわかっちゃいないよ。プーチンはゴルバチョフが壊した帝国を復活しようとしているんだ。プーチンはロシア人の利益を守っているんだよ。クリミア併合は歴史に残る。これはプーチンがやった最高のことだね」

「国際法に唾を吐いて、ウクライナ人から厚かましくクリミア半島を奪い取っただけじゃない」

　こうした言い争いの後では、何時間も会話を交わすことができなかった。わたしたちはそれぞれの意見を曲げなかった。ある時点で、二人にはもう何も話すことがない、とわかった。わたしたちの関係は終わった。わたしたちは別れた。

それから間もなく、ロシア・トゥデイの全職員は、「機密情報漏洩禁止合意書」へのサインが義務付けられた。テレビ局で起きていることを外部の人に話したり、SNSでロシア・トゥデイを批判したりすることも禁止された。この合意は辞めてからも二〇年間有効だ。違反した場合は何百万ルーブルもの罰金を払わなければならない。

わたしたちの離婚は整然と進んだ。わたしは子供と一緒に家に残る。あれほど苦労して建てた家だ。イーゴリはこの家にまったく興味を示さなかった。彼はクルマを持って、モスクワ市内のアパートに引っ越した。イーゴリの給料は、この頃までにはわたしの三倍になっていたし、部長としての立場とステータスを大事にしていた。でもわたしには、イーゴリはカネの籠の中で囚われの身になっていて、戦争開始以降は自分の魂を悪魔に売り渡してしまったように思えた。

---

1 ドゥブロフカ劇場占拠事件　モスクワで二〇〇二年、チェチェン分離独立派のテロリストがミュージカル上演中のドゥブロフカ劇場を占拠し、チェチェンからのロシア軍の撤退などを要求。プーチンは立て籠もった犯人らとの対話を拒否し、掃討作戦をおこなった。観客を含む約二〇〇人が死亡した。チェチェン分離独立派の主張を報じたメディアは政府から弾圧された。

2 ルースキー・ミール（ロシア世界）　「強国ロシア」の復活を掲げるプーチン政権の核となる思想。ロシア政府が、内外のロシア系住民やロシア語話者らを「保護」する必要性を説き、二〇一四年のウクライナ南部クリミア半島の併合を正当化した。

3 アレクサンドル・ドゥーギン　ロシアの極右思想家。元モスクワ大学教授。欧州とアジアにまたがるロシアの地政学的な影響力と使命を説く。二〇二二年八月、ドゥーギンが同乗する予定だった車が爆破され、娘でジャーナリストのダリアが死亡した。ウクライナ側の犯行との見方がある。

12 プロパガンダ工場

離婚後、わたしは流れに任せてゆっくりと生活した。第一チャンネルでの仕事には、もう以前のような胸の高鳴りは感じなかった。むしろまとわりつくような嫌悪感があった。ニュースルームではプロがだんだん減っていき、欠員が増えていった。何百人の同僚と同じように、わたしも衰退する過程を黙って観察していた。

第一チャンネルには長年「是非モノ」という決まりがあった。これは必ずニュースで放送しなければならないビデオのことだった。最初は局の幹部が関心を持つテーマ、たとえば局が制作した映画の封切やファッションショーなどだった。

ところがクレムリンから送られてくるあらゆるビデオがだんだん「是非モノ」になった。大統領が長い間公衆の前に出たくない場合には、「パッケージ」が送られてきた。これは事前に撮影されたプーチンと役人の会合だった。大統領が長く顔を見せないことで国民に不安を感じさせないよう、わたしたちはこれを少しずつオンエアするようになった。

大統領選挙の前年の二〇〇七年に「是非モノ」の数は急増した。クレムリンからは、ニュース番組はすべてドミートリー・メドヴェージェフ[1]の項目から始めるよう指示が出た。プーチンは、二期を超えて連続で国家の最高ポストを務めてはならないという憲法を迂回して、国民を虚仮《こけ》にする卑劣な方法を見つけたことがわかった。プーチンは期間限定の後継者を勝手に選び、ロシアは奈落へのさらなる一歩を踏み出した。

カメラクルーは四六時中メドヴェージェフの後を追っかけ、その一挙手一投足にフォーカスした。メドヴェージェフの会見はまったく退屈だった。しかしクレムリンの「是非モノ」については誰も議論しなかった。メドヴェージェフとプーチンに関する、いわゆる〈ニュース〉は、当時すべてのニュース番組が扱っていた。内外で起きている本当に重要な事件を視聴者に伝える時間は残っていなかった。編集長は記者が使う表現を入念にチェックした。プーチンやメドヴェージェフについてオンエアで不適切な言葉が使われると罰金が科された。その額は時には給料の四〇パーセントに達することもあった。深刻な間違いの場合、職員は即刻解雇された。このプロパガンダ工場では、替えのきかない人というものは存在しなかった。

ニュース項目は何段階かでフィルターをかけられた。まずディレクター、その後編集長が読む。ことに重要な内容の場合は報道局長クレイミョノフが個人的に原稿に直しを入れた。

ニュースルームには厳しく禁止された事柄があった。プーチンについてのニュースの後に悪いニュースを置いてはならなかった。ネガティブな情報はどんなものであろうと大統領の名前の隣にあってはならないのだ。年々国営テレビは、プーチンはロシアの大地の救済者であるという人物像を作り出していった。ネガティブな出来事の場合でも常にツァーリ（皇帝）は善き者であり、事態の推移を知らされておらず、ボヤーレ（ツァーリに仕える貴族たち）が悪いのであって、すべての罪は彼らにのみあるのだという考えが伝えられた。

　わたしが働いていた国際ニュース部でも、欧米の良いニュースは暗黙裏に禁止になっていた。一般のロシア人の頭の中に、アメリカ人は全員、ＬＧＢＴＱ支持者であって、黒人を殺し、ロシアからきた養子を虐待する、というイメージを作り上げなければならなかった。映画のアカデミー賞授賞式のような恒例のイベントでさえも禁止されていた。

　数年の間、わたしの一日の仕事はアメリカ国務省報道官ジェニファー・サキのブリーフィングを聞くことから始まった。ある時、ロシアのテレビではサキは殴られ役のサンドバッグとなった。第一チャンネルは、ことにひねった形でサキを笑いものにした。このロシアのプロパガンダに一役買ったのが、いつもサキに細かな追加質問をするＡＰＴＮのマシュー・リー記者だった。二〇一四年五月二二日、ヘッドホンをつけ、わたしはウクライナでの非合法な住民投票についての二人のやり取りを聞いていた。

ジェニファー・サキ報道官——先週末ドネツクとルガンスクでおこなわれた非合法の住民投票をわれわれは認めません。ウクライナの法律によれば、それは非合法でありウクライナ国内にさらなる分断と混乱を招く試みです。住民投票のやり方も、あらかじめ印のついた投票用紙や子供の投票、不在者の投票、さらにモスクワやサンクトペテルブルクの投票所でのメリーゴーランド投票の報告からするときわめて疑問のあるものでした。

リー記者——すみません、わたしが知らないだけかもしれませんが、この「メリーゴーランド投票」っていうのがどうもよくわかりません。これは何ですか？

サキ報道官——正直言うと、わたしも読んだだけで、この用語はよく知りません。たぶん未登録だった人が投票した、という意味じゃないでしょうか。専門家チームがこの用語で何を意味しているのか、チェックして確認します。

リー記者——子供も投票したということですから、子供が馬にまたがってクルクル回ってたってことなんじゃないですか？

サキ報道官——そういう意味だとは思いませんが。

このやり取りを書き起こして編集長のところに持っていった。

「非合法の住民投票云々の部分は削除しよう。『メリーゴーランド』と、リーがサキを煽っているやり取りは残そう」編集長はそう言って、プロパガンダに合わないサキの言葉を削除した。

アメリカ大統領選挙を控えて、わたしたちは意図的にドナルド・トランプを持ち上げ、ヒラリー・クリントンを貶めることを始めた。9・11の式典でヒラリーが倒れた時、一週間にわたってこの出来事を取り上げて、視聴者の記憶に植え付けた。ヒラリーは病人でカネに汚く、ことさらにロシアに対して悪意を持っていると描き出された。次の選挙ではジョー・バイデンに対して同じ戦術が使われた。

新しい情報空間で重要なのはニュースではなく「適正なコメント」だった。西側でクレムリンの視点を喧伝してくれそうな人物の洗い出しがおこなわれた。欧米の「適正」な政治評論家はわたしたちにとって値千金だった。そのような人は数少なかったので、彼らの電話番号はニュースルームでは掌中の珠のように大事に保管されていた。皆、明確に示されたルールにのっとったゲームをしていた。クレムリンの宣伝機関である第一チャンネルの放送には、部外者は出演しなかった。オンエアに出してもよい出演者は、皆に周知されていた。オンライン・インタビューの収録では、わたしは「適正な」質問をし、常に「必要な」答えを得た。必要なコメントが取れなかった場合は、新聞からの引用で済ませた。

「ああもうたくさんだ」オンエアのたびにわたしの直属の上司は嘆いた。わたしたちはニュースの時間には音声を消し、これ見よがしにテレビモニターからそっぽを向いた。

テレビ局の同僚は、大きく二つに分けることができた。イデオロギー派とカネのためだけのシニカル派だ。イデオロギー派はプーチンを支持していたけれど、少数だった。

局員の大部分はシニカル派で、道徳的な問いを自分に投げかけることはせず、ただルールにのっとって働いているだけで、ロシアでは他の仕事を見つけるのは不可能なことをよくわかっていた。この人たちは朝には匿名で民主主義擁護の請願に署名をし、夕には腐敗した西側についてのニュースを制作していた。

アレクセイ・ナヴァリヌイがドイツからロシアに帰国した時、第一チャンネルの報道局上層部は混乱していた。クレムリンは最後まで、ナヴァリヌイに毒物ノヴィチョク[2]を使用したことへの関与を否定していた。しかしナヴァリヌイ自身がFSBの殺し屋を見つけて電話をかけ、張本人はすべて認めた。

二〇二一年一月一七日、反体制派政治家ナヴァリヌイを乗せた飛行機がモスクワに着陸した。彼は即刻逮捕された。インターネットは沸き立ったが、『ヴレーミャ』は沈黙した。一月二三日になってようやくMCのエカチェリーナ・アンドレーエワが、集会を非合法に呼びかけた容疑で、ナヴァリヌイはまた刑事訴追されるだろうと視聴者に伝えた。『ヴレーミャ』は番組でナヴァリヌイ本人の姿を映しもしなかった。国営テレビでは重要なニュースには口をつぐむという慣行が当たり前になった。「もう善悪の境界を越えている。シニシズムは度はずれです」わたしは耐えられずに直属の上司に言った。

上司はその答えにうなずいた。そして数ヵ月後、別れの席でみんなに「俺はこれ以上やってられない！」と言って、その上司は職場を去った。彼は生涯、第一チャンネルで働いてきた。栄誉年金まで、あと少しだった。

1 ドミートリー・メドヴェージェフ　一九六五年生まれ。プーチンの指名で二〇〇八〜一二年に大統領となり、一二年にプーチンが大統領に復帰すると、首相に退いた。現在は安全保障会議副議長。政権与党「統一ロシア」党首。現在はタカ派的な言動が目立つ。

2 ノヴィチョク　旧ソ連が開発した神経性の猛毒。化学兵器禁止機関（ＯＰＣＷ）によると二〇二〇年に毒物で襲撃された野党指導者ナヴァリヌイの血液と尿からノヴィチョク系のコリンエステラーゼ阻害剤が検出された。ノヴィチョクは「新参者」「新入り」の意味。

13 新しい仕事
――二〇二二年四月

「親愛なるマリーナ」ドイツから送られてきたメッセージを読んだ。「わたしはヤーカ・ビジーリと言います。〈平和のための映画〉基金の理事長です。明日、ヴェルトテレビのライブにご出演いただけますか？」

ヤーカ・ビジーリ、どこかで聞き覚えのある名前だ――すぐに思い出した。ナヴァリヌイが毒薬ノヴィチョクを仕掛けられた時、ナヴァリヌイの避難を助けた人だ。

「声をかけていただいてありがとうございます。もちろん中継に出ます。ただ時々インターネットに問題が起きることがあります」と書いた。

わたしたちはアクセスの技術的な解決策を電話で話し合った。

翌日、ヤーカはもう一度、メッセージを送ってきた。

「メディアコンツェルン〈アクセル・シュプリンガー〉があなたの雇用を考えています。新聞『ビルト』か『ヴェルト』で働く気はありませんか？」

「『ヴェルト』がいいと思います」わたしは返事を書いた。この時わたしが知っていたのは、『ヴェルト』はロシアの『コメルサント』のような新聞だということだった。数日後、わたしは固定給のフリーランス契約を結んだ。この時点では詳細について何も話し合わなかった。

メディアコンツェルン〈アクセル・シュプリンガー〉がプレスリリースを出した。「マリーナ・オフシャンニコワは『ヴェルト』のフリーランス記者となり、ウクライナとロシアの現状を取材します。オフシャンニコワは、現実に対する仮借ない視点をロシアの視聴者に提供する勇気を示しました。政府からの迫害の脅しにもかかわらず、オフシャンニコワは最も重要なジャーナリズム倫理を守りました。わたしは彼女と仕事ができることをうれしく思います。〈ヴェルト・グループ〉編集長ウルフ・ポシャルト」

新しい会社の同僚が連絡をしてきて、「ロシア人は恐れている」と題する、わたしの最初の記事が新聞に掲載された。この中でわたしは、世論調査では八〇パーセントを超えるロシア国民がプーチンを支持しているという〈レヴァダ・センター〉の社会学的調査に疑問を呈した。

「世論調査は独裁という条件下、どんな反戦の言動も反逆とみなされる戦争の最中に実施された。反逆罪は一〇年の懲役だ。ロシア人は恐れている。モスクワでは、覚えのない番号からの電話に受話器を取る者はいない。大都市の若者はあまり世論調査に参加していない。通常、世論調査に参加するのは農村部に住む高齢者たちだ」

「いいアイデアがあります」翌日わたしは『ヴェルト』国際局の新しい上司に書き送った。「オフシャンニコワはウクライナとロシアの現状を取材する、とありましたが、わたしは記者としてキーウに行こうと思います。ブチャの戦争犯罪やオデーサの空襲についてリポートを制作します。国際的な専門家たちとの協同作業も可能です。ゼレンスキーとのインタビューも取れるかもしれません」

「本当にウクライナに行きたいのですか？　たいへん危険ですよ。ベルリンに来るほうがいい。同僚と知り合うことができます」

「わたしはウクライナに行きたいんです。記者ですから。ただしビザが必要です。前のビザはコロナの間に切れてしまいました」

「一週間待ってください。解決しましょう。ポーランド経由にするか、リトアニア経由にするかですね」と上司の返信が来た。

「待っていられません。一分一秒が貴重なんです。流血を止めるために何かしなければなりません。ビザなしでウクライナに行ける方法があります。モルドヴァ経由です」

「それはいいアイデアだ。その線で上と話してみましょう」

何日かかけて出張の詳細を詰めた。

四月中旬、窓の外では雪がほとんど溶けたが、春の太陽はまだ暖かくはなかった。

わたしは家中を駆け回り、温かい服をスーツケースに詰め込んだ。

「今度はどこへ行くの?」と息子が尋ねた。

「出張よ。一～二週間、長くても一ヵ月。二～三日は安全確保のために音信不通になるわ。あなたたちからの電話が鳴っても折り返しはできない。なんとかやれるわよね。おばあちゃんに世話を頼んだから」

「世話はいらないよ」息子は事務的に答えた。「小さくないから自分でできるよ。ところでママが抗議してから、ネット上で面白い画像がすごく拡散してるけど、見た?」

「いえ、見てないわ。見せて」

息子は、面白おかしいメッセージの書かれた第一チャンネルのスタジオの画像をわたしに見せてくれた。わたしたちは一緒に大声で笑った。わたしたち家族の置かれている厳しい状況を、子供たちがユーモアで受けとめようとしてくれていることがうれしかった。

「どこへ行くの?」娘がきいた。

「ドイツよ。ちょっと仕事をして戻るわ」目を伏せながら言った。

「ネットで見たんだけど、『ヴェルト』が仕事をくれたんでしょう」

「なんでも知ってるのね、空の飛び方以外は」わたしは場をなごませようと、ことさら明るく言った。

娘は何か気づいているようで、わたしを探るような眼で見た。その大きな青い目には恐怖が読み取れた。

　子供たちに、戦場へ行くという本当のことは言えなかった。これはとても危険だ。炎に包まれているウクライナで何が待ち受けているか、わたしは知らない。もしわたしが帰ってこられなかったら？　もし偶然、砲撃に遭《あ》ったら？　そんなリスクを冒す価値があるのだろうか。静かにドイツに飛ぶほうがいいのではないか？　一晩中、こうした疑問がわたしを苦しめた。

　結局、わたしの記者としての職業的義務感が恐怖に勝った。決めた、キエフに行く。朝、食料品を買いだめし、子供たちにお金を渡し、タクシーを呼んでヴヌーコヴォ空港へ向かった。

「皆さま、モスクワ発イスタンブール行きの搭乗手続きが終了いたします」スピーカーが知らせた。

　大きなスーツケースを持ち、つまずきながらヴヌーコヴォ空港の人気《ひとけ》のないロビーを走った。すれ違う乗客はまばらだった。戦争開始と経済制裁導入以降、ほとんどの国際線はキャンセルになっていた。モスクワからEU加盟国にたどり着く唯一の可能性は、セルビア、アルメニアあるいはトルコでトランジットすることだった。わたしのワインレッドのスーツケースが、荷物ベルトの上をゆっくり滑って行った。イスタンブール乗り換えキシナウ（モルドヴァの首都）行きの二枚の搭乗券を受け取った。パスポートコントロールへ向かった。

スキャンした後で、国境警備員が視線を上げて驚いたようにこちらを見た。

「脇に出てください。いま係員が来ます」

しばらくすると、私服の係員がわたしのところに来た。

「どちらへのフライトですか、オフシャンニコワさん」探るような声で男はきいた。

「イスタンブールです。のんびりしようと思って。ここ二〜三週間、とても気の張る出来事続きだったので。飛行機に遅れてしまいます」

「間に合いますよ。あなたの便は遅れていますから」男は質問を切り上げる様子を見せなかった。「お泊まりはどちらですか？　ホテルは？」

「ホテルではなく友人のところです」思わず、戦争が始まってから友人が一人、そそくさとモスクワを捨てて一時的にイスタンブールに滞在していることを思い出した。

「そうですか」男は不審そうに言った。「お一人ですか？　お子さんを連れずに？」

「一人です。子供たちは祖母と一緒です。学校がありますから」

「そうですか。まあお座りください」

「これ以上待てません。もうすぐ搭乗手続きが終わってしまいます」

何も答えず男は出ていった。この時スピーカーから、イスタンブールへの出発はテクニカルな理由で遅れる、というアナウンスが流れた。

わたしはホッとした。携帯を取り出し、バダムシン弁護士に電話した。

「どうしたらいいか教えてください。放してくれないんです。飛行機に遅れるんじゃないかと思って」

「心配ありません。すぐに出してくれますよ。あなたはこれからいつでも、離陸の前にはこうやってチェックされますから。慣れることですね」

二〇分ほどするとさらに二人の治安職員がこちらに来た。彼らは二回り目の同じ質問を始めた。わたしは我慢して答えた。一時間後にパスポートが返却された。テクニカルな遅延のおかげで、飛行機に間に合った。

「この飛行機はイスタンブールに着陸しました」フライトアテンダントが明るくアナウンスした。

棚から小さなバッグを取り、携帯の電源を入れた。ディスプレイには『ヴェルト』からのメッセージが映った。「キシナウのホテルでピーターがあなたを待っています。ピーターはわれわれのセキュリティアドバイザーです」

ピーターの個人データと写真が送られてきた。ピーターはイギリス人だった。驚いたが無駄な質問はしなかった。

その後でもうひとつメッセージが届いた。「自分の携帯をオフにしてSIMカードを抜いてください。あなたを追跡させないようにするためです。あなたがイスタンブールにいると思い込ませるのです」

乗り継ぎ便に乗ったらそうする、と約束した。乗り継ぎ案内の巨大な電光掲示板に、出発の近い便が表示されていた。キシナウ行きのわたしの便があったので乗り継ぎターミナルに走った。

その間にも、わたしがモスクワを発ったという情報がすでにネット上に出ていた。諜報機関はわたしの出発便と出発時間を瞬く間に公表し、嘲笑的なコメントを付けていた。

「スキャンダルにまみれたジャーナリスト、マリーナ・オフシャンニコワは本日一二時四〇分の便でヴヌーコヴォ空港からイスタンブールへ出発した。永住目的で外国に出た模様だ。彼女が挑発行為を必要とするのは、売名行為によって、反ロシアプロパガンダをおこなう西側メディアへの就職において有利な条件を引き出すためである。オフシャンニコワがロシアに帰国する場合には、西側から何らかの任務を与えられたものと推測しなければならない。非公式情報によればロシア外務省に登録しているジャーナリストが、そうした〈指示役〉である〈友人〉の一人であり、この人物はイギリス市民である」

これを読んで、諜報機関がわたしの携帯をハッキングしたことがわかった。抗議行動の前にアドレス帳を消去しなかったとは、なんてわたしは物を知らなかったのだろう。リストにはアメリカやイギリスや他のＮＡＴＯ諸国の電話番号があったというのに。国際ニュース部の仕事で、わたしは常時外国人とやり取りをしていた。世界のさまざまな国の知り合いが「指示役」や「スパイ」にされてしまうかもしれないと思うと、わたしは怖気づき、イスタンブール空港からすぐに、携帯がハッキングされたという警告のメッセージを全員に送った。

キシナウ便の離陸まで二〇分だった。ＳＩＭカードを取り出して最終的に消去する前に、数十のメッセージを送らなければならなかった。トーマスには、何があってもロシアに帰ってくるなと警告しなければならなかった。イギリス人ジャーナリストがわたしの「指示役」だと非公式な情報源が書いているのであれば、それはトーマスが空港で即刻逮捕されるという仄めかしだった。

フライトの間中わたしは苦しい思いでこのことを考えつづけた。たまたまとはいえ、何の罪もない人びとをこの事態に巻き込んでしまったことは、とんでもなく恥ずかしかった。

窓の外で、空港の灯りがまばらに瞬いていた。トルコ航空の飛行機は夜遅くキシナウ国際空港に着陸した。

自分の赤いパスポートを係官に差し出した。

「こちらに来てください」制服の職員がわたしを脇に呼び出した。「モルドヴァに来た目的は何ですか？」

「わたしはドイツの新聞『ヴェルト』の記者です。出張です」

それを裏付ける書類を差し出した。しかしこれでは不十分だった。すぐ隣国は戦争の最中だ。モルドヴァではロシアパスポートを所持する者の言葉は信じてもらえなかった。疲れてベンチに腰を下ろし、待った。

パスポートコントロールは徐々に人もまばらになってきた。一時間ほど経ち、係官が書類を返してくれた。

「お通りください」係官は笑った。

「ああよかった」わたしはパスポートを受け取り、誤解がとけたことをよろこんで、タクシー乗り場に向かった。

14 情報戦
——二〇二二年四月、キシナウ（モルドヴァ）

夜の帳《とばり》の中をタクシーはモルドヴァ[1]の首都キシナウのはずれにある小さなホテルに近づいた。カーキ色のズボンをはいたスポーツマン風の背の高い男が、わたしを出迎えた。

「ピーター？」用心しながらわたしはきいた。

「はい。お待ちしていました」低い声でイギリス人のピーターは答え、ホテルのほうへ歩き出した。スーツケースをつかんでわたしはピーターの後を追った。

エレベーターに乗った。薄暗い照明の中でわたしはじっとピーターの厳しい表情を見つめた。見るからにイギリス諜報部員だ。おそらくわたしを出迎えるために特別に派遣されたのだ。なぜドイツのメディアがイギリス人を雇うのだろう？　これは夢ではなくて、本当にわたしの身に起きていることなのだろうか？　答えの見つからない問いが次から次へと頭に浮かんだ。しかし質問はせず、ただ黙って不可解な見知らぬ男を観察した。

部屋のドアまで行くと、ピーターは電子キーでロックを開けた。中に入る前に、ピーターはあたりを注意深く見まわした。廊下にはわたしたち以外、誰もいなかった。

「尾行されているということ？」わたしは気になってきいた。

「あらゆることをチェックしなければなりません。今回は特に秘密のクライアントということですから」

ピーターは窓に寄り、分厚いカーテンを開け、注意深くどこか遠くを見た。窓の外は暗闇で、ポツンと街灯が光っていた。

わたしは暗証番号をセットして、スーツケースを開けようとしたが、ロックが引っかかったようだった。泣きっ面に蜂とはこのことだ。ピーターは窓際に立ったまま、今度はわたしのことを注意深く見ていた。彼の執拗な視線に、わたしはきまりが悪くなった。

「怖いのでしたら、ここにいてもいいですよ」急にピーターが言った。

「いいえ、ありがとう。怖くありません。ただひどく疲れているから眠りたいんです」

ピーターは了解、というようにうなずき、後ろを向いてドアに近づいた。

「何かあったら呼んでください。わたしは向かいの部屋にいます。まだ午後の報告を書かなければならないんです」

「午後のって？　もう真夜中じゃない」わたしは雰囲気をやわらげようとして言っ

た。

　しかしピーターは冗談を言おうともしなかった。短く刈り込んだ頭を下げると何も答えず去った。ドアには電子ロックの赤色ダイオードがチカチカしていた。万が一のためにわたしは予備のドアロックを閉めた。何度かやってみるとスーツケースも開けられた。シャワーを浴び、自分をスパイ映画の主人公のように感じながら眠りに落ちた。


　朝、ホテルの小さなレストランで、ピーターと待ち合わせた。コーヒーカップを取るとわたしは一番奥のテーブルに着き、ゆっくりと客を見渡した。すぐそばには五十前後の女性が二人いて、何か熱心にモルドヴァ語で話していた。その少し向こうにはジーンズとグレーのセーターを着た男性が一人、朝のコーヒーを飲みサンドイッチを頬張っていた。

　その隣にはどこかの国のテレビ局の三人のジャーナリストがいた。その中の一人はポケットのたくさんついたカーキ色のベストを着ていた。長い髪を後ろで結んでいた。テーブルの下にはプロ用のビデオカメラがあった。

「今日のウクライナは……」――会話の断片が聞こえてきた。

　その少し向こうに二人の男の子を連れた家族がいた。三歳くらいの男の子は夢中になって葉物をサラダ皿の外に出そうとしていた。

「何やってるの？」若い母親がウクライナ語で叱り、皿をテーブルの反対の端に片づけた。

すべては日常的で、疑わしいものは何もないように見えた。

ピーターは美味しそうに二つ目のオムレツとサンドイッチにかぶりついていた。

食べ終わると、ピーターは小声で、朝食が済んだら安全のためにホテルを替える必要がある、と言った。それから新しい携帯電話とローカルのＳＩＭカードを買い、新しいグーグルアカウントを設定する、とも言った。

「わかったわ。クリスティーナにセッティングを頼むわ」わたしは言った。

「クリスティーナ？　誰ですか？」

「助っ人です。わたしがいまモルドヴァにいることを知ってる、ロシア国内で唯一の人です」

「どこで知り合ったんですか？」

「ネットです。ＳＮＳの支援を申し出てくれたんです」

「バカじゃないか？　まさか、その人を信じてるんじゃないでしょうね？　ＦＳＢの人間かもしれないでしょう。パスポートを送らせてください。チェックします」

「あなたこそイギリスの諜報部員じゃないの？　誰宛に報告を書いてるの？」わたしはきっぱりと言った。

ピーターは笑った。「もっと単純な話です。ドイツのメディアコンツェルンはジャーナリストを守るためにイギリスのセキュリティ会社と契約を結んだんです。戦闘経験のある人間を雇っていますから。わたしはイラクとアフガニスタンで従軍しました」

驚いて眉を上げた。ピーターは兵士とは似ても似つかなかった。彼の話の続きを聞いた。

「二週間前に『ビルト』の記者と仕事をしたんですが、その記者はハルキウ郊外からリポートをしたいと言うんです。わたしは、やめたほうがいい、危険だと言ったんです。でも彼はわたしの言うことを聞きませんでした。結局わたしたちはその村へ行き、ロシア兵と遭遇しました。二ブロックほどの距離でした。銃撃が始まり、わたしはエンジンをふかして大急ぎで逃げました。キーウからきた女性の通訳が一緒にいましたが、恐怖のあまり言葉を発することができなかったほどです。翌日彼女はわたしたちとの仕事を断りました。通訳がいなくなったんです。でも、わたしが少しウクライナ語を話せますから」

「どこで習ったんです？」わたしはいぶかしく思ってきいた。

「妻がザポリージャ[2]の出身なんです」

「どこで知り合ったの？」

「トルコのホテルです。その後キーウに行き、いまはブダペストに住んでいます。半年前に息子が生まれました」そう言うと、ピーターの厳しい顔つきが初めて満面の笑みになった。

朝食の後、わたしたちはピーターがワルシャワでレンタルしたポーランドナンバーのクルマに乗り、他のホテルに移った。クルマはキシナウの狭い通りを縫って走った。窓の外には新緑がきらめいていた。歩行者は急ぐ様子もなく歩いていた。

「なんで車内はこんなにガソリン臭いの?」車内の空気を入れ替えようと窓を開け、きいた。

「トランクにガソリンの入った大きいタンクを二つ積んでいるからです。ウクライナじゃ燃料は買えませんから」ピーターが答えた。

信号で止まった。ピーターは携帯をのぞき込んだ。

「ウクライナ軍のミサイルが巡洋艦〈モスクワ〉[3]に命中したの、見ましたか? どうやら沈没したようです」

「何てことでしょう……、たぶん、徴集兵も乗っていたでしょうね」とわたしは言った。

「ロシア国防省は母親たちにウソばかりついているんです。戦争の最初の頃は、戦場には一人の徴集兵もいない[4]と言っていました。でも三月初め、ウクライナ軍が徴集兵を捕虜に取ると、ロシア国防省は、戦場に徴集兵がいることを認めざるをえなくなりました。正確な数は不明です。ロシアの権力者がいつもウソをつくことに、もう慣れてしまいました。二月中旬、プーチンは『ウクライナを攻撃しない』と言ったけれど、その数日後には戦争が始まったし。いつもそうです。『ロシア軍はそこにはいなかった』『それはロシア軍がやったのではない』——もう聞くのもうんざり。早くキーウに行きたい。そうすれば、これは卑劣で犯罪的で、本当の戦争なんだとロシア人に伝えることができる。これはプーチンが言うような、ドンバス解放のための特別軍事作戦などというものじゃないんだと」

　わたしは続けて言った。「プーチンは自分の国民を滅ぼそうとしているんです。プーチンはウクライナもロシアも滅ぼそうとしています。ヨーロッパを弱体化させようとしているんです。いたるところに何百万人もの難民がいるし、ガソリンの供給も困難です。この状況で利益を得ているのは誰だと思う？」

　ピーターは意味ありげに、わたしをじっと見て言った。「アメリカです！　もちろん、アメリカだけです」

「そうね。まったくあなたの言う通り」わたしはうなずいた。この戦争はヨーロッパのすべての国々の経済を破壊していた。高いアメリカ産シェールオイルや液化天然ガスを購入せざるをえなくなっているのだ。

　わたしたちは小さなホテルの駐車場に入り、荷物を部屋に置いて新しい携帯電話を買いに町に出た。携帯を買って接続すると『ヴェルト』から公式メールが届いていた。

「マリーナ・オフシャンニコワは『ヴェルト』のフリーランス記者です。オフシャンニコワはウクライナの現状を取材します」そう告げる広報PRの下には、あす朝、キエフに出発してよい、というメッセージがあった。

ピーターに見せた。

「ベルリンは気でも触れたんでしょう」百戦錬磨のセキュリティアドバイザーのピーターは憤慨した。

「あなたには公式の記者登録証が必要です。軍事行動ゾーンです。ところが、あなたのはロシアのパスポートです。このままだと最初のチェックポイントで逮捕されますよ。わたしはどこへも行くつもりはありません。まずウクライナ政府の記者登録証と、国境でわたしたちを出迎え、キーウまで送り届けてくれる人が必要です」

その通りだった。ウクライナ政府の公式の許可なくキエフへ行くのはきわめて危険だ。ベルリンはあと何日か待つよう言ってきた。早々にウクライナのしかるべき人物と連絡をつけ、組織的な問題はすべて解決すると約束してくれた。

部屋に戻ると、わたしはウクライナの状況を頭に入れようと思い、ニュースにアクセスした。わたしの視線は思いがけないニュースに釘付けになった。

「ウクライナ人の若者数十人が、黄色と青の旗を振り、ベルリンにある『ヴェルト』紙の編集部に押しかけた。彼らは『オフシャンニコワは出ていけ！』と叫び、彼女を雇い入れたことに抗議した。

ウクライナ人たちは言った。――オフシャンニコワは、情勢を不安定化させようとするクレムリンの計略だ――。『ヴェルト』紙の代表がデモ隊に向き合った。『オフシャンニコワは歴史の正しい側に立っている』のであるから、彼女に背を向けることはない、と『ヴェルト』側は説明した」

　いったい何が起きているのだろう？　なぜ彼らは抗議しているのだろう？　――わたしにはわからなかった。ウクライナのメディアを開いて読んだ。

「すべてのウクライナ人が、ロシアのテレビでの反戦パフォーマンスの誠実さを信じているわけではない」

「この出来事は〈やらせ〉であって、ロシアには生放送なんかない」

「反戦という文字を掲げたデモンストレーションは『ウクライナに対するロシアのハイブリッド戦争[6]の活動』に他ならない」

「オフシャンニコワはＦＳＢの影のスパイだ。善良なるロシア人という物語と制裁解除を西側メディアに広めようとしている」

　頭がクラクラした。わたしはロシアではイギリス大使館と通じていると非難され、ウクライナではＦＳＢのスパイだと書かれる。どうやら知らないうちに情報戦の震源となってしまったようだった。このことを考えると一晩中不安だった。

　翌朝、打ちひしがれてホテルの一階に下りた。ピーターとは朝食の席で会うことにしていた。ガランとした小さなレストランには、わたしたち以外誰もいなかった。

「なんでそんなに鬱々としているんですか？」ピーターがきいた。

「SNSで、わたしがFSBのスパイだという噂が広まっているんです」わたしは沈んだ声で言った。

「あなたがスパイなものですか。わたしにはすぐわかりましたよ」ピーターは笑った。

「息子も同じことを言っていました。わたしは秘密を洗いざらいしゃべり散らすだろう、って」少しばかり気を取り直して言った。「まったくわからない。スパイをドイツの新聞『ヴェルト』に送り込むことに何の意味があるというんでしょう。『ヴェルト』にどんな秘密があるのでしょう。わたしがどんな役割を負って、どんな影響を与えることができるというんでしょう？ わたしには力もお金もないのに！」

「ちょうど、あなたについての『ポリティコ』の記事を読んでいたんです」皮肉を込めてピーターが言った。

「マリーナ・Oの謎の事件。テレビの生放送での彼女の反戦抗議は、数百万もの人びとが見た。だがオフシャンニコワはクレムリンの操り人形なのか？」

ピーターは笑った。携帯から目を離し、コーヒーを一口飲み、それからまた続けた。

「秘密警察の何の変哲もない一室で、警察官がマリーナ・オフシャンニコワに一杯のお茶をすすめた。

『その時、わたしは怖いと思いませんでした』――オフシャンニコワは言った。『いまだったら用心したでしょう』

プーチンの敵で、命を取り留めた者なら誰でも、オフシャンニコワにこう警告するだろう――ロシアの諜報機関の将校がアールグレイとお菓子をすすめたら、『はい』と言ってはならない、と。しかし、オフシャンニコワは反体制派ゲームの新参者だったため、これから自分の身に起こることへの備えができていなかった。

反体制派か、あるいは操り人形か？

マリーナOの話の整合性のなさは驚くべきものだ。中央テレビのベテランプロパガンダ員が突然良心に目覚めて体制に反旗を翻し、それまでの居心地のよい生活をなげうった。しかしわずかな罰金しか科されず、西側メディアとの接触が許された点も疑問を生んだ。

もちろん、何であれ真実だと信じることができなくなることも、プロパガンダの結果の一つである。プーチンのプロパガンダ・マシーンの目的は、曖昧さと恐怖である」

ピーターは意味ありげにわたしのほうを見て、もう一度笑った。

「どちらがいいか決めましたか？　ポロニウムかノヴィチョク[7]か、それとも自動車事故か」ピーターはジョークを言った。

「からかわないで。わたしの立場にいたら、何でもかんでもまともに受けとめることなんてできないわ。気が変になってしまう。ランニングかジムにでも行かない？　自由な時間があるうちに」わたしは言った。

一時間後、ピーターはシルバーのSUV車をスポーツクラブの前に停めた。クルマから出ると彼は張り詰めた様子で周囲を見回した。

「尾行されてるの？」

「いいえ。万が一のためのチェックです」

「尾行はどうやってわかるの？」わたしはきいた。「わたしにはそういう経験がないし、スパイ小説みたいな目に遭うのは初めてだから」

「プロの尾行者がついたら、まずわからないでしょうね。子供と犬を連れた普通の家族だったりするんです。子供は駄々をこねて、アイスクリームをねだったりして」

「面白いわね。覚えておくわ」

急な階段を二階のジムへ上がった。広々としたロッカールームに入ると、わたしは携帯電話を取り出し、メッセージをスクロールした。画面にはロンドンの友人トーマスからのメッセージがあった。

「わたしはきみのやったことの誠実さに疑いを持ち始めている。きみは本当にクレムリンのスパイのようだ。わたしの友人のウクライナ人たちはそう書いている。彼らはきみを信じていない」

怒りで顔に血がのぼった。すぐに返事を書いた。

「こんなことを書くなんて恥ずかしくないのですか？　あなたがこんなメッセージを

送ってくるとは思ってもみませんでした。モスクワでわたしはあなたの命を救いました。そしていま、わたしは真実のために自分の生活を台無しにしてしまったんです。わたしは大きなリスクを冒しています。ウクライナ人を支援するために、いまウクライナの戦場へ向かう途中です。それなのにこんなことを書くなんて。戦争が始まった時、あなたはわたしに『善の側にとどまれ』と言ったではないですか。わたしは善と自由のためにすべてを犠牲にしました」

送信した。落ち着こうとしたが、また神経性の咳が始まった。

咳を鎮めようとして有酸素運動エリアに入り、携帯を窓台に置き、思いっきりペダルをこぎ出した。

携帯が鳴った。トーマスからの新しいメッセージだった。

「すまない。怒らせるつもりはなかった。その言葉をきみから聞きたかっただけだ。わたしはきみを知っているし全面的に信頼している」

返事は書かなかった。お互いに疑心暗鬼になったり、陰謀論にかまけるには、人生はあまりにも短すぎる。そんなことは、ただクレムリンを利するだけだ。現状では、戦争に反対するすべての人は、誰であれ、二月二四日まで何をしていたにせよ、団結し、ともに行動すべきだ。

トレーニングルームから出ると、クリスティーナがパスポートをスキャンして送ってきていたことを思い出した。

「念のために、クリスティーナのパスポートをあなたに送っておいたわ。わたしは彼女を信頼しています。クリスティーナだって、わたしを支援することで大変なリスクを冒しているんです」


待つ日々は耐えがたくノロノロと過ぎていった。一週間もキシナウにいるが、ウクライナへは入れなかった。

「仲間がクリスティーナをチェックしました。何ら疑わしいところはありません」朝食の時、ピーターがわたしに言った。

「よかったわ。たったいまわたしのところにウクライナ高官の連絡先が送られてきたの！」わたしは『ヴェルト』からのメッセージを読んで叫んだ。

「すぐに記者登録証を頼んでください」ピーターが言った。わたしはすぐにメッセージを書いた。

「こんにちは！　マリーナ・オフシャンニコワといいます。第一チャンネルの生放送で戦争反対の抗議をおこなった者です。現在ドイツの新聞『ヴェルト』で働いています。お願いしたいことがあります。いまキシナウに滞在していますが、どうしてもキーウに行きたいのです。ブチャ、イルピン、ベルジャンスクでの戦争犯罪を記事にし、できればハルキウまで行きたいと思っています。ウクライナで実際、何が起きているのか、ロシア人はその真実を知らなければならないと思うのです。ゼレンスキーのインタビューは撮れるでしょうか。戦争の最初の頃に撮られたロシアのジャーナリストたちとゼレンスキーとのオンライン・インタビューは信じられないほどの人気でした。ロシア政府はこのインタビューをブロックしましたが、皆、ブロックをかいくぐって見ました。ゼレンスキーは英雄です。彼は国民と共にいます。地下壕に隠れ、人前に出ることを怖がるわが国の指導者とは違います。ウクライナ政府の許可と、国境からのエスコートが必要です。どうか支援をお願いします」

ドキドキしながらメッセージを送り、返信を待った。何時間か後、簡潔な答えが来た。

「今は忙しいですが、考えてみましょう」

春の暖かい太陽が照っていた。ピーターは小さなモルドヴァのレストランのオープンテラスでわたしの前に座っていた。彼は休む間もなくウクライナからのあらゆるニュースをモニターしていた。

「明日はきっとキーウに行けると思うわ」わたしは明るく言った。

「それはいい。エスコートをつけてくれるといいんですがね。そうじゃないと、最初のチェックポイントで逮捕されてしまいます。あなたはロシアのパスポートだということをお忘れなく」

「でもパスポートには、わたしがオデーサ生まれだって書いてあるわ。父はウクライナ人だし」

ピーターは、無邪気な子供だといわんばかりにわたしを見た。

何分かすると、わたしの携帯の画面に『ヴェルト』からのメッセージが届いた。

「〈自由のための金のペン賞〉をあなたに贈呈したいという連絡が世界ニュース発行者協会の事務局からありました。授賞式のために二、三分のビデオメッセージを録画するよう依頼されました」

「英語のメッセージですか?」

「ええ、英語のほうがベターです」

ホテルの部屋で英語の文章を書き、それを暗記しようとした。

「賞をいただきありがとうございます。正直なところ、まったく予想していませんでした。これがプーチンに反対して自由のために闘っている、すべてのロシアの独立したジャーナリストのための賞となりますように——」

ビデオを録画しようとした。背景は白い壁と安っぽい備え付けの棚だった。これでは印象が悪い。このホテルには小さな会議場があったはずだ。廊下に出てレセプションに向かった。

階段のところにずんぐりとして背の低いジーンズ姿の男が一人いて、こちらをじっと見ていた。見覚えのある男だった。キシナウに着いてわたしが最初に泊まったホテルにいた男だ。朝食の時、ピーターとわたしからあまり離れていない席に一人で座っていた。なぜここにいるのだろう。偶然なのか、それともわたしたちを追っているのだろうか。そう考えると冷静になれなかった。

階段を下り、男のことをピーターに伝えた。ピーターは急いで部屋を出てフロントに駆けつけたが、もうジーンズの男は姿を消していた。

「一人で出歩かないと約束したはずでしょう」ピーターは子供を諭すように、わたしを叱りつけた。

自動販売機でコーヒーを買って部屋に戻った。ピーターはもしもの時のために、わたしの部屋のドアまで来た。

窓の外は細かな春の雨が降っていた。ホテルの暖房は切られていたので、わたしは暖を取ろうとコートにくるまった。

『ヴェルト』からの電話が鳴った。

「賞はあなたに授与されないことになったそうです。どういうことかさっぱりわかりません。このやり方はひどい」

「簡単です」わたしは説明した。「わたしは賞に値しなかったんです。長年クレムリンのプロパガンダ機関、第一チャンネルで働いてきましたから。人間というものは高尚な精神より、はるかに簡単に陰謀論を信じてしまうものです。いずれにしてもロシアには、この賞にふさわしい、プーチン体制と長年闘っている独立したジャーナリストがたくさんいます。わたしは、そのスタート地点に立っているにすぎません」

「ウクライナの高官から何か知らせはありますか？」電話の向こう側がきいた。

「いえ、いくらメッセージを送っても返事はありません。何のためにわたしがキーウに行くのかわからない、と書いてきたのが最後の返事です。どうやら努力は無駄だったようです。ロシアの諜報機関は、誰もわたしの誠実さを信じないようにと、あらゆる手段を尽くしたんでしょう。でもこちらも手をこまねいているつもりはありません。キシナウには何千人ものウクライナ難民がいます。『ヴェルト』に難民センターからのリポートを入れ、それからウクライナ国境に行きます」

「いいアイデアですね。ベルリンからカメラクルーを送りましょう。仕事を始めてください」

　翌朝、ピーターとわたしはホテルのレセプションで二人のカメラマンと合流した。

「今日はモルドヴエキスポに行きましょう」とわたしは提案した。「巨大なエキスポセンターで、以前はコロナ患者を収容していましたが、いまミコライウとオデーサからの四〇〇〇人を超える避難民が暮らしているところです」

　エキスポセンターの巨大なパビリオンは白い布のパーティションで数百のスペースに仕切られていた。それぞれのスペースに人びとが暮らしていた。入口でボランティアが出迎えてくれた。

「ここにいるのは、おもに女性と子供です」とセンターの女性職員が話した。「ここに宿泊し、それからもっと遠くのEU諸国に行く人もいます。逆に、そろそろ空襲も

郵便はがき

料金受取人払郵便

小石川局承認

1116

差出有効期間
2024年9月9日
まで

112-8731

東京都文京区音羽二丁目
十二番二十一号

講談社
第一事業局企画部
ノンフィクション
編集チーム 行

★この本についてお気づきの点、ご感想などをお教え下さい。
(このハガキに記述していただく内容には、住所、氏名、年齢などの個人情報が含まれています。個人情報保護の観点から、ハガキは通常当出版部内のみで読ませていただきますが、この本の著者に回送することを許諾される場合は下記「許諾する」の欄を丸で囲んで下さい。

このハガキを著者に回送することを　許諾する　・　許諾しない)

TY 000077-2208

愛読者カード

今後の出版企画の参考にいたしたく存じます。ご記入のうえご投函ください（2024年9月9日までは切手不要です）。

お買い上げいただいた書籍の題名

a　ご住所　　〒□□□-□□□□

b　お名前《ふりがな》

c　年齢（　　　）歳

d　性別　1 男性 2 女性

e　ご職業（複数可）　1 学生　2 教職員　3 公務員　4 会社員(事務系)　5 会社員(技術系)　6 エンジニア　7 会社役員　8 団体職員　9 団体役員　10 会社オーナー　11研究職　12 フリーランス　13 サービス業　14商工業　15自営業　16農林漁業　17主婦　18家事手伝い　19ボランティア　20 無職　21その他（　　　）

f　いつもご覧になるテレビ番組、ウェブサイト、ＳＮＳをお教えください。いくつでも。

g　最近おもしろかった本の書名をお教えください。いくつでも。

終わるだろう、そうしたら帰れるだろうと願って、家から遠く離れたくない人もいます」

撮影機材を持ってわたしたちは長い廊下を歩いた。わたしたちの横を活発な男の子の集団が駆け抜けていった。洗濯機の脇に立っているおばあさんがじっと子供たちを目で追っていた。

プレイルームに入った。中では若い女性が三歳の娘と遊んでいた。二人は苦痛に満ちた大きな茶色の目でわたしたちを見た。

「ミコライウから来ました。パパは前線です。わたしたちはパパがいなくて寂しくてたまりません。早く家に帰りたいです」

わたしたちの会話に、二歳の男の子を連れた、まだ若い女性が加わった。その疲れた顔は不安に満ちていた。彼女はオデッサ郊外から小さな子供を抱えてどうやって逃げてきたかを語った。その時から父や兄弟とは連絡がとれていなかった。

「父も兄弟も、とても愛しています。家に帰りたいんです。すべてが終わったら必ず帰ります。みんなで同じテーブルを囲んだら、何もかもが良くなると思います」

彼女の頬を涙が伝った。彼女は男の子をギュッと抱きしめた。嗚咽《おえつ》を漏らさないようにこらえながら、わたしはプレイルームを出た。カメラマンがわたしの後を追ってきた。

「彼女は何と言ってたんです？」カメラマンがきいた。

「ごめんなさい。今は訳せません」わたしは素早く後ろを向いた。

喉にこみあげるものがあった。わたしは素早く通りに出ると、またしても起きそうな咳の発作を抑えようと暗がりへ行った。

翌朝、クルマに乗り、ウクライナ国境へ向かった。ピーターは集中してナビを見ていた。わたしは携帯のニュースをスクロールしていた。後部座席に座った二人の同僚はドイツ語で何か話していた。

道の両側を畑と、ポツンと見える村々が過ぎて行った。モルドヴァはヨーロッパの最貧国とされている。行く手を牛の群れが横切っていた。わたしたちは牛が反対側に渡りきるのをじっと待った。

「そうだ、トランスニストリアで爆発[8]があったのは見ましたか？」ピーターがきいた。「どうやらロシアは第二戦線を開きたいようです」

「ええ、見ました。ここからトランスニストリアとの境界まではどのくらい？」

「クルマで一時間ほどです。でもあっちには行けません。あそこの飛び地はロシアの管轄下ですから」

「そうね。あなたはイギリス人だから間違いなく捕虜にされるわね」

「あなたも逮捕されますよ」

「トランスニストリアでも逮捕か。ロシアでも逮捕されるし、ウクライナには入れてもらえないし。ねえ、あなたたちはわたしの代わりにキーウに行ってくれる？」冗談で『ヴェルト』の仲間にきいた。

「いやですね。どんなにカネを積まれても行きません。家族がありますから。家族の元へ帰らなきゃならないんですよ」ドイツ人の一人が真剣に答えた。「先月、ブレント・ルノーというアメリカ人ジャーナリストが死にました。昨日、中国人ジャーナリストが銃撃されたのは見ましたか？　血も凍るような映像です」

横を向き、黙って道路を見た。窓の外には白いテントが張られた畑が続いていた。

「停めて」わたしはピーターに言った。

テント村ではマリウポリから来た家族と出会った。ロシア軍は事実上地表から町を消し去ってしまった。

三〇歳くらいの若い男性は、妻と娘を脇へ連れて行ってからこちらに戻ってきた。その視線のせいでわたしは不安になった。その眼は虚ろだった。

「隣人を花壇に埋葬したんです。ハトも猫も食べました。水も電灯も、何もありませんでした。大人の男のわたしが、生まれて初めて泣きました。あの地獄から抜け出たことは、今でも信じられません。わたしたちは五人で一つのクルマに乗っていたんですが、町を出る際に、ロシア兵に止められて留め置かれ、真っ裸にされて、その後、解放されたんです。ウクライナをクルマで横断したことになります。ここの国境では、わたしたちがマリウポリから来たとわかると、何もきかずに通してくれました。本当は一八歳から六〇歳までの男は通してくれないんです。戒厳令ですから。でもわたしたちを例外扱いしてくれました」

男性は脇へ去った。これ以上話す気力がないのだ。キシナウへの帰り道、わたしたちは無言だった。わたしは沈黙を破ることにした。

「ねえ、みんな、今日わたしがインタビューした避難民は全員、こちらの質問にきれいなロシア語で答えていたでしょう? ウクライナでは彼らの権利は侵害されていないのよ。あの人たちがプーチンに解放してくれと頼んだわけじゃないんだわ。彼らは〈ルースキー・ミール〉が欲しいなんて思っていないし、ただ自由で独立した国に住みたいだけなんです」

「その代わり〈ルースキー・ミール〉のほうから彼らのところにやって来た、ってわけだ」皮肉交じりにピーターが言った。

「そして彼らを住宅や財産から解放した」わたしが付け足した。「ロシア人はロクな暮らしをしていないから、他国の人にもまともな生活はさせない、ということね。あなたたちはロシアに行ったこと、ある? モスクワから一〇〇キロも離れれば、惨憺たる貧しさよ。三〇〇〇万ものロシア人が下水道もなく暮らしている。トイレは屋外。国は基本的な生活設備さえ保証できず、人びとは木製のバラックに住んでいるの。設備の整った普通の家を建てる代わりに、ロシアはウクライナ人の家を破壊しているのよ」

ピーターはホテルの脇に駐車した。わたしは急いでいた。モルドヴァからの特別リポートを編集してベルリンに送らなければならなかった。

わたしは翌日ドイツへ発つ予定だった。ピーターは別の記者の警護でキエフに行くことになっていた。キシナウにこれ以上とどまる意味はなかった。結局、ウクライナの記者登録証を取ることはできなかった。

1 モルドヴァ　ウクライナに隣接する旧ソ連構成国の一つ。首都キシナウ（キシニョフ）。ソ連が第二次世界大戦中、ナチス・ドイツと結んだ独ソ不可侵条約に基づき、ルーマニアの一部を占領して創設したモルダヴィア・ソビエト社会主義共和国に由来。ルーマニア語（モルドヴァ語）が公用語。ロシア語話者も多い。

2 ザポリージャ　ウクライナ南東部の州。州都ザポリージャ。ロシアがウクライナ侵攻で州の一部を占領し、一方的に州全域の「併合」を宣言した。欧州最大級の原発がある。

3 巡洋艦〈モスクワ〉　ロシア海軍黒海艦隊の旗艦で、二〇二二年四月にウクライナ側からの攻撃を受けて沈没した。ウクライナは対艦ミサイル「ネプチューン」を命中させたとしている。

4 一人の徴集兵もいない　ロシアは一年間の兵役に就く若者らを外国の戦闘地域に送ることを禁じているにもかかわらず、侵攻直後からウクライナ各地に送り込んだ。ロシア国防省は二〇二二年三月、「不適切事例」と認め、改善を約束した。

5 ドンバス　ウクライナ東部のドネツク・ルハンシクの二州とロシア南西部ロストフ州にまたがる地域。近年はドネツク・ルハンシクの二州に限定して用いられることが多い。炭鉱業、鉄鋼業が盛ん。

6 ハイブリッド戦争　軍事と非軍事を組み合わせた攻撃を特徴とする。プロパガンダ発信やネット空間での世論誘導、ハッキングで敵国を混乱に陥れることなどが含まれる。ロシアの二〇一四年のクリミア半島併合の際に注目された。

7ポロニウムかノヴィチョクか　ポロニウムは、プーチン政権が自国の諜報機関の元職員アレクサンドル・リトヴィネンコを毒殺する際に使った疑いがある。ノヴィチョクはロシアの野党指導者ナヴァリヌイに対して二〇二〇年に用いられたとされる毒物。

8トランスニストリアで爆発　トランスニストリア（沿ドニエストル）はロシア軍が駐留し、親ロシア派住民とともに実効支配してきたモルドヴァ東部の未承認国。ロシア中央軍管区副司令官が二〇二二年四月にウクライナでの「特別軍事作戦」の第二段階の作戦目標としてモルドヴァに言及、その前後にトランスニストリアで不審な爆発が相次いだ。

15 絶対的悪は世界を支配してはならない

――二〇二二年五月、ベルリン

「まもなくこの飛行機はベルリンに着陸いたします」フライトアテンダントが機内アナウンスで告げた。わたしは窓の外を見た。眼下にはきれいに手入れされた平らな畑と、住み心地のよさそうな小さな家々が広がっていた。

巨大なブランデンブルク空港では『ヴェルト』紙の社員が迎えてくれた。

「フライトはどうでしたか？　こちらの出口です。あなたの長期労働ビザは有力者を通して話をつけました。ビザ用の写真を撮って書類を提出してください」

わたしたちのタクシーは大きな長期滞在用ホテルに近づいた。『ヴェルト』の社員がもう二人、わたしたちを待っていた。エレベーターで五階に昇った。

「安全面を考えて偽名で予約しました。これがあなたの携帯用の新しいＳＩＭカードです。まずは休息をとってください。あとで連絡を取り合いましょう」

男たちが帰り、わたしは荷物の整理を始めた。この時携帯に〈平和のための映画〉基金のヤーカ・ビジーリからのメッセージが届いた。

「もうベルリンですか？」

「たったいま着きました」

「一緒に夕飯はいかがですか。お泊まりはどちら？　タクシーを向かわせましょう」

「ご丁寧にありがとうございます。わたしのロシアのクレジットカードはどれも制裁で役に立ちません。ウーバーも使えません」

住所を送ると、三〇分後にタクシーが来た。タクシーはベルリンの通りを縫うように走り、どこに向かっているのか見当もつかなかった。その間、わたしは必死になって携帯をチェックしていた。

『ヴェルト』の編集局やモスクワの弁護士から連絡が来るかと思えば、息子や娘からのメッセージ、SNSについてクリスティーナが書いてくるなど、携帯には途切れることなくメッセージが届いた。しかも問い合わせは至急の回答を求めるものばかりだった。わたしにはベルリンの地図を頭に入れる余裕さえなかった。

「お会いできてうれしいです！」男性の声が聞こえた。携帯から目を離すと、わたしの前に、青いジャケットを着て黒縁のメガネをかけた中年の男性がいた。ヤーカ・ビジーリは力いっぱいわたしの手を握った。二〇年前、ヤーカは政治的、社会的テーマの映画の上映を主催する〈平和のための映画〉基金を設立した。基金は毎年世界の最良の映画監督やドキュメンタリー監督を表彰していた。そのセレモニーは「脳みそのあるオスカー」と呼ばれていた。

小さなレストランに入った。中は活気に満ちていた。ボーイは空いたテーブルをなんとか見つけた。

「ベルリンは来たことはありますか？」ヤーカが尋ねた。

「いいえ、ケルンとミュンヘンだけです。ドイツの地方をクルマで走ったことはあります。四年前に家族全員でヨーロッパ自動車大旅行をやったんです」

その晩、なぜ生放送で抗議することにしたのか、いまロシアで何が起きているのかについて、ヤーカに話した。

「プーチン支持者は、プロパガンダによってゾンビ化されているんです。彼らは病人のようなもので、画面からウソが流れ続けている限り、治ることはないと思います」

「プーチンは核兵器を使うかもしれない[1]というのは本当ですか？」

「そこまで行かないことを願っています。でも核のボタンが彼の手中にあることはみんなわかっています」

「何日か前、プーチンは西側にウクライナ情勢に干渉するなと警告し、報復攻撃は電撃的なものになるだろう、と言いましたね」

「ええ。わたしが不安なのは、プーチンのプロパガンダ・チャンネルの言葉の使い方です。ロシア・トゥデイのトップ、マルガリータ・シモニヤンは第三次世界大戦になると言って世界を脅しています。三人の子供の母親が、核攻撃のことを話すなんて考えられますか？　そんなことがまともな文明社会でありうるでしょうか？」

翌日、わたしたちはイーストサイド・ギャラリーのベルリンの壁博物館の外で待ち合わせた。ヤーカはミハイル・ゴルバチョフの提案を受けて、数年前にこの博物館を建てた。

「三二年前、ベルリンの壁が予想もできない形で崩れた時、人びとはすべてにうんざりしていたんです」ヤーカが言った。

「ひょっとしたらプーチン体制も、もうすぐ倒れるかもしれません。ナヴァリヌイが自由の身だったら別のシナリオもあったでしょうけれど」

「わたしは」とヤーカは言った。「ナヴァリヌイに、ロシアに帰るべきではないと言っていたんです。彼は自分で決定を下しました。ナヴァリヌイはとんでもなく勇敢な人間です」

「ロシア民族は長い間優柔不断なんです。でも一度ロシア的反逆が始まると、それは激烈で容赦ないものになるんです」

しばらく展示を見てから、ソ連共産党書記長レオニード・ブレジネフと東ドイツの指導者エーリヒ・ホーネッカーが口づけをしている伝説的な落書きを見ながら、保存されているベルリンの壁の断片に沿って歩いた。それから河岸通りのカフェに寄り、バイエルン・ソーセージを注文した。

翌日わたしは初めて『ヴェルト』の編集局へ行った。迎えてくれた若い男性は少しアクセントのあるロシア語を話した。

「わたしの母はロシア人です。こちらへどうぞ。これは〈アクセル・シュプリンガー〉メディアコンツェルンの二つの建物です。一つは旧東ベルリンにあり、もう一つは旧西ベルリンにあります。その間に壁の残りがあるのです」

彼は舗道に沿ってひかれた広い線を示してくれた。わたしたちはガラスのビルの一つに入った。四階に上がると、巨大なニュースルームには数十台のコンピューターがあった。

「ここが新聞の編集局です。一階上がテレビです。行きましょう。化粧室にご案内します」

美しいメーキャップ担当が出てきた。彼女は、まったくアクセントのないロシア語を話した。

「あなたもロシアから?」わたしはびっくりして聞いた。

「ええ。もう一五年以上ベルリンに住んでいます」

『ヴェルト』のスタッフとのインタビュー録画を終え、最上階へ上がった。レストランのビュッフェは騒がしかった。若いジャーナリストの表彰式が終わったばかりだった。

「あの抗議は、どうやってやったのですか?」わたしだとわかって、見た目は一七歳くらいの若い女性がきいてきた。「まさか、と思ったわ。自分の目が信じられなかった」

「あの後はどうなったんですか? 警備員に取り押さえられたんですか?」若い男性がきいた。

「ロシアは核戦争を始めますか?」

いたるところから質問が飛んできた。英語で必要な言葉を選びながらなんとか質問に答えた。真夜中になろうとしていた。

翌日、メディアグループの幹部とともに、わたしの仕事の計画を立てた。五月九日には赤の広場の戦勝パレード[2]を伝える中継に出演しなければならない。

「今年のパレードは本当にペスト時代の狂宴みたいになるでしょうね」わたしは言った。

ホテルの部屋に戻ると、戦勝パレードのことを話すのはとても複雑だと考えた。ウクライナ人が地下室に避難している時に、ロシア人は自動小銃を掲げて赤の広場の石畳を行進する。ウクライナの子供たちが空襲警報のサイレンに震えている時に、ロシア人は打ち上げ花火をにこやかに見物する。今年のモスクワの戦勝パレードは、退廃の勝利になるだろう。

この七七年の間に、ロシアはどのように戦勝国から侵略国になったのかを理解しようとした。わたしのウクライナ人とロシア人の祖父たちは、ファシズムに対して大祖国戦争の前線でともに戦った。彼らが今日まで生きていて、ロシアがウクライナを攻撃したと知ったら、孫であるわたしたちを呪っただろう。

五月九日の夜、ロシア軍がふたたびオデッサを空爆したことを知った。

「わたしたちは夜の間ずっと地下室にいました」オデッサの従姉妹からのメッセージを読んだ。

子供と一緒に地下室で、降ってくる砲弾から身を守る――これがどんなことなのか想像してみた……。一晩中わたしは悪夢を見た。

朝早く起き、ガシンスキー弁護士からのメッセージを読んだ。

「おはよう。どうコメントしますか？　前夫があなたを訴えました。子供の親権に関する告訴です。初回の審理は六日後」

すぐにガシンスキーに電話した。

「これはどういうこと？　何かの間違いでしょう。ありえないわ！　抗議活動のあと、あの人はわたしと連絡を取るのをやめたし、電話にも出ないし、メッセンジャーでもわたしをブロックしたし。身の安全のためにやったんだと思います。怖くて隠れていたんでしょう。でもそのうち連絡がくるだろうと思っていました。あの人がこんな卑劣なことをするとは思いませんでした。間違いなく上からの指示で動いてるんです。これは仕組まれた攻撃です。父親が自分の子供を、心理的に傷つけようとするなんて信じられません。なんで子供たちを巻きこむんでしょう。問題があれば話し合いで解決できるのに」

「女性に圧力をかける一番の方法は、子供です」

「くだらないし卑劣だわ。背中からナイフで刺すような真似ね。こんなことになるとは思ってもみなかった。なぜ彼はこんなことをしたの？」

「あなたは、家庭問題専門の弁護士を探さなければいけません。わたしたちは政治関係だけですから」

「わかりました。わたしの問題は雪だるまみたいに大きくなっているのね」

数分後、息子に電話した。

「もしもし、そっちはどう？」

「別に何も。いつも通りだよ」

「パパはなんでわたしと話し合いをしないで訴えたのかしらね？」

「本当？　知らなかった。生放送で抗議活動なんてしなければよかったんだよ。ママは家族の生活を滅茶滅茶にした張本人だよ」

「プーチンがこんな犯罪的な戦争を始めなければよかったのよ。それなら誰も抗議活動なんてしないわ。もう引き返すことができない地点まで来てたの。二月二四日以後、まともな人間はみんな国営テレビを辞めて行ったわ。残ったのはロクでなしばかり。彼らが戦争を煽ったのよ。一番の犯罪人は、あなたのパパの上司、マルガリータ・シモニヤンだわ」

話がかみ合っていないのは明白だった。息子との絆を失ったことを感じた。

「わかったわ。政治の話はやめましょう。試験勉強はどう？」

「いつも通りだよ」息子はいつもの返事をした。

この時、わたしはとめどなく咳き込み始めた。

「ごめんなさい、かけなおすわ」

咳の発作がおさまったのは三〇分後だった。

娘に電話した。スクリーンに娘の顔があらわれた。

「ママ、そっちはどう？」

「大丈夫よ」

「いつ帰ってくるの？」

「もうすぐ。二週間後って約束したでしょう。最大で二ヵ月。仕事次第なの」

「もう二週間たったよ」

「そうね。ただ当面、帰れない状況なの。もうすぐ学校が終わるでしょう。そうしたら夏休みにあなたがこっちへ来なさいよ。イタリアかスペインに行きましょう」

「パパが出してくれないわ。パパは新しい外国旅行用パスポートを作らせてくれないの。ヨーロッパは危険だって言って。ヨーロッパではロシア人は憎まれていて襲われるんだって」

「そんなのウソ。誰もロシア人を襲わないわ。パパが働いてるロシア・トゥデイや他のクレムリンのチャンネルが、わざと流してるデマよ。ロシア人をプーチンのまわりに結集させ、まわりは全部敵だらけだって思わせようとしてるの。そんなこと信じないでね。誰もあなたをイジメないから。何度もあなたと一緒にヨーロッパに行ったじゃない」

「そうね。エッフェル塔で迷子になったの、覚えてるわ」娘が雰囲気をなごませようと、冗談を言った。

でもわたしにとっては笑うどころではなかった。プロパガンダの怪物ロシア・トゥデイのトップ・マネージメントで働くわたしの前夫は、子供たちをプレッシャーをかける道具にしてしまったのだと悟った。息子は間もなく一八歳だ。だから息子は自分でこちらに飛んで来ることもできる。けれども娘はまだ一一歳だ。娘と会える方法を見つけなければならない。でもパスポートがないままどこかへ連れ出すのは不可能だ。袋小路だった。プーチン体制が崩壊しないうちは、わたしは娘に会えないのだろうか。

一日中、わたしは鬱々として、仕事に集中できなかった。夜になってようやく、クレムリンのニュースサイト「レンタ・ルー」のエゴール・ポリャコフとアレクサンドラ・ミロシュニコワの行動についてCNNにコメントする約束をしたことを思い出した。五月九日に二人は反戦記事を載せて、ロシア人に真実を語ったのだった。そのニュースサイトに載った記事、「プーチンは二一世紀の流血の戦争を始めた」「プーチンは惨めなパラノイア独裁者となった」は、たちまち削除された。二人はロシアから脱出した。

冷静さを取り戻し、夜CNNに出演した。その後、スポーツウェアに着替えてランニングに出た。河岸通りに出て、思わずあたりを見回した。尾行がついていないか確認したのだ。七キロは走らなければならなかった。恒常的なストレスで、体調を崩しかけていたからだった。

帰ってくると、ホテルのロビーにスラブ系の顔つきの男がいた。朝、メディアグループ『ヴェルト』の建物の入口あたりで見た顔だった。背筋が凍った。部屋に入り、ドアにしっかりと施錠し、ヤーカ・ビジーリにこの怪しい見知らぬ男のことを伝えた。

「警察に連絡したほうがいい」ヤーカはアドバイスをくれた。

なんのために？　わたしには時間がない。ロシアのテレビにおけるプロパガンダの方法についてのリポートを完成させなければならない。以前の同僚ジャンナ・アガラコワとインタビューの約束をしていた。その後、オスロでおこなわれる〈創造的な抗議活動に対するヴァツラフ・ハヴェル賞〉授賞式に飛ぶことになっている。そしてその後、まっすぐオデッサに向かう。

スカイプでジャンナ・アガラコワと連絡を取った。二月二四日、ジャンナは「この戦争はわたしの望んだものではない」という文章をSNSに投稿した。上層部はその記事を削除するよう求めた。第一チャンネルのフランス特派員だったジャンナは、即刻会社を辞めた。わたしのパソコンに、よく映える赤いジャケットを着たジャンナがあらわれた。

「ロシアのテレビではプロパガンダが日に日に増殖しています」わたしは始めた。「あなたがニューヨークで取材していた頃、一番抵抗を感じたのは何でしたか。最後の頃の取材はおもに国連安保理でしたよね」

「二〇一四年のドンバスでの戦争が始まる前から、アメリカからの前向きで良いニュースが当てにされていないことは、はっきりしていました。オバマの二期目で、米ロ関係は急速に悪化していました。クリミアが併合されると、さらに複雑になりました。わたしの仕事は国連安保理の取材に限定されていきました。ロシア支持とは異なる視点は最小限に抑えられました。たとえばリポートではアメリカの国連大使を先に引用してはなりませんでした。イギリスもダメ。ロシアの公式見解と異なる立場はどれもダメでした。安保理からのリポートの最初に置いていいのは、ロシアの国連大使の発言だけでした。最後の言葉もロシアの国連大使でなければなりません。反対陣営の引用は、ロシア代表が反撃するのに『都合のいい』ものだけでした。ロシアの国連大使の演説があまり説得力がないか、あるいは採決がロシアに不利な場合、報道局では『国連安保理のリポートは不要』となりました。これはもちろんジャーナリズムの学校で教えられた、ジャーナリストはどのように仕事をすべきか、ということに反したものでした」

　パソコンのモニターに次にあらわれたのは、著名な政治評論家アッバス・ガリャーモフ[3]だった。ガリャーモフはロシアの外にいるので迫害を恐れずに自由に発言できた。

「わたしの考えでは、ロシアの戦争反対者と戦争支持者はほぼ同じくらいです。はるかに多いのは、どっちつかずで、いわゆる『揺れる多数派』です。この層の見解をめぐって本当の闘いがおこなわれているのです」とガリャーモフは言った。「いわば、これまでの第一チャンネルは愛国的でしたが、現在、第一チャンネルの背景にいる職員たちは完全な反対派であることがはっきりしたのです。つまり反対派はもはや少数派ではなく、すでに第一チャンネルに浸透しているのです。これこそ時代精神というもので、時代精神は反対派側にある、という流れが形成されれば、勝利につながるでしょう」

　パソコンを畳み、スーツケースの荷造りを始めた。ロシア人の心と頭をめぐる情報戦はピークだった。絶対的な悪に世界を支配させてはならない。この時わたしはロシアのテレビでどのようにプロパガンダがおこなわれているのか、細大漏らさず語ろうと心に決めた。自分たちの意識がどのように操られているかを、なるべく多くのロシア人が知れば、クレムリンの指示によって放送で流されるウソを信じる人は少なくなるだろう。

「ポロニウムかノヴィチョクか」セキュリティアドバイザーの言葉を思い出した。「それとも自動車事故？　ひょっとすると、不慮の事故？　それとも誰かが部屋に入ってきて、バルコニーからわたしを投げ捨てる？」――わたしの体は強い咳の発作でまた震えた。ベッドに倒れ込み、息が詰まらないようにした。

---

1 プーチンは核兵器を使うかもしれない　ウクライナ侵攻直後の二〇二二年二月二七日、プーチンはロシア軍の核抑止部隊を厳戒態勢に引き上げるようショイグ国防相とゲラシモフ参謀総長に命じ、その後も核使用の可能性をほのめかす発言を繰り返した。

2 赤の広場の戦勝パレード　第二次世界大戦における対ナチス・ドイツ勝利を祝して五月九日にモスクワの「赤の広場」で開催される。「大国ロシア」の復活を期すプーチン政権の意向により、近年は国威発揚の場となっている。

3 アッバス・ガリャーモフ　ロシアの政治評論家。かつてプーチンのスピーチライターを務めた。

16　自由フォーラム
――二〇二二年五月二四日〜二七日、オスロ

「ノルウェーのオスロ自由フォーラムへようこそ」可愛いアメリカ人女性がわたしを出迎えてくれた。「わたしがエスコート係です。おいでになることができてよかったですね」

わたしたちのクルマはオスロ空港を離れ、理想的な平らな道路を飛ぶように走った。窓の外には北方のまばらな植物と木々が見えた。見慣れぬ風景を興味深く眺め、ノルウェーはヨーロッパで一番恵まれた国のひとつで、社会福祉のもっとも進んだ国だということを思い出した。ここにはロシアのような極端な貧富の格差はない。

「昨日、ニューヨークから着いたばかりなんです」エスコート係の女性がにこやかに言った。

「いいですね。わたしはニューヨークには一度も行ったことがないんです。二〇年以上前にアメリカで勉強したことがあったけど、二ヵ月だけ。カリフォルニア、ワシントン、オレゴンでのテレビの研修だったの。地方局のスタジオに行ったら、ロシアの

国営テレビ局よりはるかに素晴らしい機材がそろっていてショックだったわ」

クルマはオスロ中心部のお洒落なホテルに着いた。ロビーでは黒のタキシードを着た演奏家がピアノを弾いていた。レストランの右側には美しいスーツの紳士たちとエレガントな淑女たちがいた。

「今日は授賞式でスピーチが予定されています」エスコート係がスケジュールを確認した。「明日の夜は夕食会です」

「英語のスピーチを準備しなくちゃ。大きなステージね。緊張するわ。こんなイベントでスピーチなんてしたことがないから」

「大丈夫ですよ。リハーサルがありますから。スピーチのスライドを送ってくだされば、お手伝いします」

ホテルの部屋で授賞式のスピーチを書き、ネットで写真を探した。いま起こっていることは、現実とは思えなかった。


わたしは自由フォーラムの主宰者とともにステージの袖にいた。テーブルには水とコーヒーとサンドイッチが用意されていた。〈創造的な抗議活動に対するヴァツラフ・ハヴェル賞〉を授与される他の受賞者を紹介された。トルコ出身のアメリカ人バスケットボール選手エネス・カンター・フリーダムとイランで人権擁護活動をおこなっているペイカンアートカー・プロジェクトの創始者たちだった。

袖には三つの大きな彫像、ニューヨークの自由の女神の縮小コピーが置かれていた。フォーラム主宰者の一人が微笑みながら彫像を掲げ、こう注意した。

「両手で持ってください。重たいですよ」

ステージに呼ばれ、フットライトに照らされた広い空間に出た。何百もの目がわたしの上に注がれた。興奮して声が震えた。

「賞をいただき、ありがとうございます。ジョージ・オーウェルの小説『一九八四年』を最初に読んだのはジャーナリズム学部の学生の時でした。これは社会派小説です。未来のロシアではこんなことはありえない――わたしはそう思いました。一九九八年のことでした。エリツィンの民主化改革の時代でした。いまになると、遥か昔の時代のように思えます。

わたしは間違っていました。この二〇年でロシアは全体主義国家になってしまいました。いま、人びとは『戦争反対！』と言うだけで刑務所に入れられています。ロシアの大統領は本当の戦争犯罪人です。

この二〇年、プーチンはロシアのすべての独立系メディアを破壊しました。それに代えて彼は冷笑的でウソばかりのプロパガンダ・マシーンを作りました。それは、常に黒を白と言いくるめるゲッベルス流の哲学にのっとって動いています。政府の御用メディアはロシア人のなかにウクライナや欧米の人びとへの憎悪を植え付けました。それが行きついた巨大な災禍がどのようなものか、わたしたち皆が知る通りです。

二月二四日はわたしにとって引き返すことが不可能になった地点でした。ショックでした。

生放送での抗議のあと、わたしの子供は、わたしが家族の生活を滅茶滅茶にした、と言いました。いまでもなぜわたしがあんなことをしたのか問い続けています。

この人生では人は時々、より大きな善のために非合理と思われることをしなければなりません。

わたしは自分の子供たちが、未明に隣国を攻撃するようなことをしない、そして世界中を核兵器で脅すようなことをしない自由な国に生きて欲しいのです。

わたしは、何百万人ものウクライナ女性や子供たちが今どんな経験をしているか、知っています。すべてを失い、難民になることがどういうことなのか、知っています。一〇代の頃、第一次チェチェン戦争が始まり、わたしは同じ体験をしました。わたしの家は瓦礫になりました。それが、わたしが戦争を憎む理由です。どんな戦争も、死であり、苦痛であり、人生を滅茶苦茶にします。

オーウェルは書いています。『戦争をやめる一番の近道は、負けることだ』と。それについて語ることは、わたしには困難です。でもわたしはわたしの国ができるだけ早く戦争に負けて欲しいのです。他の道はありません。光は闇に打ち勝たなければなりません。

もう一度、この賞に感謝申し上げます。わたしはこの賞金を、ウクライナ難民の救済に使いたいと思います」

二ヵ月後、フォーラムの主催者はわたしの分の賞金一万二〇〇〇ドルを、オデッサとニコラエフ（ミコライウ）の難民をEU諸国に移送するモルドヴァのボランティア基金宛に送金した。

主宰者が招待してくれた夕食会では音楽が演奏され、世界のさまざまな国の反対派の人びとが数十人も一堂に会した。そこには本当の自由の精神があった。

「こんにちは。キューバの反体制派です。一緒にセルフィーしてもいいですか？」

「わたしは『ワシントン・ポスト』の記者です。あなたのインタビューを取りたいんですが」男性が名刺を差し出した。たくさんの新しい出会いが渦巻く中で、初めて会った人の顔と名前を必死に覚えようとした。

「こんにちは。わたしは……のアシスタントです」背の低い若い男性がロシアの有名なオリガルヒの名前を言った。「お知り合いになれてたいへんうれしいです。わたしのウクライナ人の友人を紹介させてください。彼はニューヨークから来たんです」

「奇遇ですね。わたしはウクライナに行こうとしているところです」

「力をお貸ししましょう。わたしたちは、いまキーウにいるアメリカの人権活動家と一緒に仕事をしています」

「それはありがたいです。わたしはSNSで偶然、NTVの創設者の一人と知り合ったんです。そのサヴェリイという人は、プーチンが権力についてからロンドンに亡命し、いまはオデーサに住んでいます。奥さんはウクライナ人です。オデーサの取材を手伝ってくれることになってるんです。この後、オデーサに飛んでサヴェリイに会う予定です。でもその後、どうやってキーウまで行ったものか見当もつかないんです」

「お役に立つ人間に連絡を取れるようにしましょう」新しく知り合った人たちが別れ際に申し出てくれた。

17
開かれなかった記者会見
――二〇二二年五月二八日～六月二日、ウクライナ

キシナウのパスポートコントロールの国境警備員には見覚えがあった。わたしに気づくとにっこり笑い、余計な質問はせずに通してくれた。

到着ロビーでは短く刈りあげた赤毛のアスリートタイプの男性が近づいてきた。「こんにちは。ニックです」微笑みながら男性は言った。「セキュリティアドバイザーです。仕事をご一緒します」

ニックは駐車場のほうに急いだ。すでに馴染みのあるモルドヴァの空港を、何のためらいもなく彼の後について行った。

時計の針は深夜一二時に近かった。キシナウの暗い通りを、予約していたホテルにクルマを走らせた。

「あなたもイギリス人？」

「ええ。でもいまはポルトガルに住んでいます」

「記者を警備するのは、戦闘経験があるから？」

「ええ。イラクで従軍しました。なんでわかったんです？」

「驚かなくてもいいの。前にキシナウに滞在していた時に、あなたの同僚が全部話してくれたわ」

「明日朝、パランカ国境検問所[1]で、一〇時に待っていてもらうことになっています。そこからオデーサに向かいましょう」

「八時に出発です」ニックは確認した。「国境までは二時間ほどです」


翌朝、わたしたちのクルマはパランカ国境検問所に近づいた。前にウクライナナンバーのクルマが何台かいた。絶え間なく空爆にさらされながらも家に帰ろうと決めた人たちだった。クルマの列に沿って制服の男がゆっくりと歩いてきた。わたしたちのところまで来ると、男は許可証を手に取り、トランクを開けるように言った。ガソリンの入った二つの大きなタンクを見つけると、国境警備員は激怒した。

「ガソリンは二〇リットル以上持ち運び禁止だ」

「でもウクライナでは燃料がないんだ」ニックが反論しようとした。「給油できる場所がないんだよ」

「そんなことはどうでもいい。規則は規則だ」国境警備員がきっぱりと言った。

ニックにはどうしようもなかった。ガソリンの入ったタンクを税関に置いた。その後、わたしたちは通過を許された。

「あなたが誰か知ってますよ」ウクライナ側の国境警備兵が、愛想よく笑いながら言った。「ロシアのテレビのオンエアで紙を広げて立っていた人でしょう?」

「そうです」わたしはうなずいて言った。「今回は記者として故郷のオデーサに行くところなんです」

「一緒に写真を撮ってもいいですか?」国境警備兵が言った。

わたしたちは道路脇に寄ってセルフィーを撮った。国境警備兵はパスポートを返し、道中ご無事で、と声をかけてくれた。

ウクライナ側でわたしたちを待っていたのは同行する警察車両だった。わたしたちは有刺鉄線の巻かれた無数の対戦車コンクリートブロックを抜けて一路オデッサへ疾走した。道路の両側を窓一杯に土嚢を積んだ家々が飛びさっていった。

携帯が鳴った。サヴェリイだった。

「待ってるよ。もう国境は越えた?」

「ええ、たったいま」

「空襲警報を知らせるアプリをダウンロードしたほうがいい。いまリンクを送る」

アプリを入れた。携帯は小止みなくビービー鳴り出し、画面には赤い信号が光った。

空襲警報。キーウ。全員退避

空襲警報。キーウ州。全員退避
空襲警報。チェルカースィ州。全員退避
空襲警報。ミコライウ州。全員退避
空襲警報。オデーサ州。全員退避

携帯の音声を切って、サヴェリイに電話した。

「これはどうやって止めればいいの？　警報がずっと鳴りっぱなしなんだけど」

「オデーサだけ残して、他のは削除」サヴェリイが教えてくれた。「まずこっちに来てくれよ。出迎えるよ。ホテルはすぐ隣、海岸通りだから」

わたしたちのクルマはオデッサの通りを縫うように走った。窓の外を見ながら思い出した。最後にこの海沿いの美しい町に来たのは二〇年前だった。

その時わたしたちの乗った大きな高速客船はクリミア半島の海岸線に沿って航行し、オデッサ港に停泊した。ロシア、ウクライナ、その他ＣＩＳ（独立国家共同体）の国々の映画関係者が乗っていた。映画祭に参加するためだった。当時わたしはまだクラスノダルの若いリポーターだった。わたしたちのカメラクルーは映画祭を取材した。有名な俳優や監督と一緒にデリバス通りを散歩し、オデッサの風物を堪能した。誰も、まさか二〇年後にプーチンがウクライナからクリミア半島を奪い取り、ドンバスを不安定化させるとは思ってもいなかった。さらにその八年後、全面戦争を始めるとは。

　クルマは新築のアパートに近づいた。サヴェリイがスーパーマーケットのところで出迎えてくれた。

「よう、道中はどうだった？　きみのホテルを教えてあげるよ」

「あなたが送ってくれたアプリをずっと見ていたの。ウクライナ中、休む間もない空爆じゃない。プーチンはもう意固地になってウクライナ人を絶滅させようとしているだけよ。これは正真正銘のジェノサイドだわ！」

「ラヴロフ外相はついこの間、認めたよ」サヴェリイが言った。「彼らはウクライナの南部全体、ヘルソン、ミコライウ、オデーサを征服して、未承認のトランスニストリアに進出したいって。でも俺たちは、オデーサは絶対に渡さない。そんなこと考えさせやしない」

　サヴェリイと海辺に下りて、遊歩道を歩いた。わたしたちから少し離れてイギリス人のセキュリティアドバイザー、ニックが歩いていた。海岸通りに出た。いつも通りに思えた。子供の笑い声が響き、若者が何人かわたしたちの横を電動キックボードに乗って通り過ぎ、ジョギングウェアの若いカップルが走っている。ただ、海岸線に沿って「地雷注意」の赤い看板が掛かっていた。

「海からも砲撃してくるんだ、ほらあっちから。ミサイルは海の上を低空で飛んでくる。ウクライナ軍が巡洋艦〈モスクワ〉を攻撃してからは、ロシアの軍艦は海岸からいなくなった。怖がってるんだ。前はわたしのうちの窓からも見えたからね。ホテルはあそこだ。チェックインするといい。よければプールで日光浴もできるよ」サヴェリイは海のほうを指さした。小さなプールの周囲で、白いプラスチックのラウンジチェアに寝そべって五月の暖かい日光を満喫している休暇の客もいた。

「怖くないのかしら?」わたしは驚いた。

「町の上空は防空システムが稼働しているからね。最初は地下に隠れたけどいまは慣れたよ。いまじゃ空襲警報が鳴っても、誰も隠れない」

「なぜ?」

「みんな疲れたんだ。慣れてしまった、と言ってもいい。戦争の最初の頃は町に人気がなくなったけれど、いまは住民が家に戻り始めている。近所の人の話だと、空爆で死ぬ確率は交通事故で死ぬのとほぼ同じだそうだ」

「そうは思わないわ。爆撃で死ぬリスクは、はるかに高いと思う」

サヴェリイは明日、町を案内すると約束してくれた。


夜遅く、ホテルの駐車場でキエフから来たカメラマンと会った。埃が分厚く積もった灰色の小さなフォードから痩せぎすで中背の男が出てきた。

「セルゲイです」彼は自己紹介した。「キーウで待っていたんですよ。ところがベルリンから、すぐオデーサに行けというメッセージがきたんです」

「ええ、二、三日この町で仕事をして、その後、護衛のクルマが来たらキーウに向かいます」

朝六時、携帯で空襲警報のサイレンが激しく轟いた。ベッドから起き、ブラインドを上げて窓の外を眺めた。水平線で黒い雲が黒い海原と一つになっていた。不吉な静けさだった。

電話が鳴った。サヴェリイだった。

「起きたかい？　ミサイル攻撃がありそうだ。報道によると軍艦が何隻かクリミアを出てオデーサ方面に向かったということだ」

「わざわざわたしを怖がらせたいの？　どこへ逃げろって言うの？　どこへ隠れろって言うの？　ホテルの地下？」

「逃げても無駄だと思うね。飛んで来たら地下室で瓦礫の下敷きだよ。這い出せやしない」

「わたしもそう思う。でも死にたくはないわ」

「何とかなるさ」サヴェリイはわたしを元気づけようとした。「約束した通り、一〇時にレセプションで会おう。まずロシア領事館に連れて行くよ」

わたしたち四人はクルマのところに行った。サヴェリイはセキュリティアドバイザーに、ナビに入れてあるルートを説明した。カメラマンは三脚をトランクにしまい、わたしは携帯で空爆の地図を見ていた。ほぼウクライナ全土に赤い印がついていた。

交差点には大きな広告塔があった。

「ロシア兵よ、止まれ！　プーチンのために人殺しはするな。良心を汚さないで家に帰れ！」

写真を撮り、自分のSNSにアップした。

数分後ニックはSUV車を赤い煉《れん》瓦《が》塀のところに停めた。「イルピン、ブチャ、マリウポリ」[2]——大きな黒い文字で壁に書かれていた。

「戦争が始まる二日前に、ロシアの外交官が書類を燃やしているのがアパートの窓から見えたよ。その後、奴らはここから逃げ出した」サヴェリイが言った。

ロシア領事館のドアは固く閉ざされていた。入口は領土防衛隊の兵士たちが警備していた。

「行こう。廃墟になったホテルを見せてやるよ」サヴェリイが言った。「先月、ロシアの砲弾が飛んできたんだ。幸い、中には誰もいなかった」

町はずれに出た。岸辺に長い二階建ての建物があった。ホテルの真ん中の部分が完全に破壊されていた。

「どうも山の上にある電波塔を破壊しようとして、ここへ当たったようですね」

一緒に仕事をすることになったウクライナ人のセルゲイがクルマから出て言った。

「地雷」と書かれた看板を風が揺らしていた。看板はホテルの敷地を仕切る細い鉄の鎖にぶら下がっていた。わたしたちのまわりには誰もいなかった。海岸はまったく人気がなかった。遠くからわたしたちのほうをじっと見ながら、飢えた犬の群れが砂利道をうろついていた。セルゲイがカメラのレンズを犬に向けた。その瞬間、犬たちは凍り付いたようになり、次の瞬間尻尾を巻いて逃げ、長く遠吠えを始めた。わたしは手の平が冷たくなり、怖くなった。

「町へ帰りましょうよ」わたしは一緒にいた人たちにそそくさと促した。

クルマに乗り、破壊されたアパートへ行った。そこは復活祭の前に攻撃された。父親がパンを買いに出て、戻った時には、部屋があったところに黒々とした穴が開いていたという。妻と三ヵ月の娘とおばあさんが死んだ。

アパートのまわりでは掘削機の音がしていた。建物の一部が損傷しただけだったので、ロシア軍の空爆で壊れた天井を、建設作業チームが復旧していた。一番端の入口からベビーカーを押しながら若い女性が出てきた。彼女はわたしの質問に答えてくれた。

「もちろん怖いけど、行くところがないんです」女性は言った。「わたしの部屋は別の階にあって残ったんですけど、爆撃の時に壁が揺れて天井から漆喰が落ちてきました。親戚がみんな電話をかけてきて、大丈夫かとききました。キーラという女の子が死にました。わたしの娘と同い歳でした。よく一緒に散歩したんです」

女性はベビーカーに身をかがめ、ピンク色の毛布を整えた。赤ちゃんは、セルゲイの持っている小さなビデオカメラを好奇心いっぱいに見ていた。

また神経性の咳の発作が始まった。頭を下げて脇へ寄った。黒焦げになったクルマが何台かあった。

「大丈夫?」ニックが気遣った。

「ええ。明日の朝、キーウから迎えに来てくれるよう話をつけたわ」

「出発前にあなたに見せておかなきゃならないものがある。クルマのほうへ行こう」

ニックはトランクを開けた。タンクやヘルメットや防弾チョッキやテントをぎっしり詰め込んでいた。ニックは薬の入った大きな袋を取り出した。

「これは止血用の包帯、痛み止めの注射も入っている」ニックは説明を始めた。

「わたしは医療の訓練は受けてないわ。あなたは、これ、使えるの?」

「もちろんです」とニックが答えた。

「それはよかった。あなたがわたしを救ってくれるわ!」わたしは、モスクワで救急医療コースの訓練を受ける時間がなかったことを後悔しながら言った。

次の朝、ホテルのレセプションでは男性と女性がわたしたちを待っていた。

「あなたのことはすぐわかりました」長い巻き毛の、灰緑色のジャケットを着た女性が言った。「わたしはリーザ。オランダのボランティアです。難民救済基金を運営しています。こちらはヤロスラフ、ウクライナ人です。アメリカの人権団体で働いています」

「お会いできてうれしいです」わたしは挨拶した。

「こちらのクルマに乗ってください。ボディガードはわたしたちのクルマの後をついてくるように」ヤロスラフが言った。

「この人はボディガードじゃなくてセキュリティアドバイザーよ」わたしが言った。

「わかりました」ヤロスラフが言った。「ニック、わたしたちから遅れないように。できるだけこちらのクルマの近くにいるようにしてください。チェックポイントは停まらずに走り抜けます。わたしたちには特別なシークレットコードがありますから」

黒いベンツに乗り込んだ。ドライバーは急発進した。わたしたちはクルマの流れを縫いながらキエフに向かって道路を疾走した。

「これは今シーズンで一番流行の色ね」わたしはカーキ色のジャケットを着ながらジョークを言った。「ゼレンスキーが好きなのはこの色だけね。最初にウクライナに入ろうとしていた時、キシナウで買ったの。あの時はウクライナに入れなかったけど」

「あなたはヒーローです」ヤロスラフが言った。「真実を語るためにすべてを犠牲にしたんですから」

「ええ、家も仕事もなくしたわ。前の夫はわたしを訴えて子供を奪おうとしているんです。彼は上からの指示で動いてるんだと思うわ」

「生放送で抗議するのは信じられないくらいの勇敢な行動です。どうやって決断したんですか？」リーザがきいた。

わたしは冗談を交えながら、また抗議活動の詳細を話した。到着までの間、わたしたちは笑い通しだった。それは、まわりで起きている恐ろしい出来事で気が変にならないようにという、一種の精神的防御反応だった。

わたしたちのクルマは次から次へとあらわれる小さなチェックポイントを軽々と越えて行った。大きなチェックポイントの前では、ドライバーは少しブレーキをかけ、迷彩服の男たちに何か小声で、合言葉を言った。

「ウクライナの記者たちと話がしてみたいですか?」とリーザがきいた。

「もちろん。わたしには隠し事は何もありませんから」

「小規模な記者会見をやって何人か記者を呼んだらどうでしょう?」とリーザが言った。

「やりましょう。よろこんで」

「では、インターファクスを使ってやりましょう。プレスリリースはわたしが書きます」

「それ、本当にいいアイデアだと思う?」わたしは用心しながらきいた。「インターファクスはロシアの通信社でしょう。ロシア政府に通報するんじゃないかしら。スキャンダルになるわ」

「インターファクスはロシア政府に従属していません」

「わたしはウクライナでは『ヴェルト』の記者として取材する計画なんです。ブチャやイルピンに行きたいし、できればハルキウにも」

「ハルキウはすごく危険です」

「わかってます。手を貸してくれませんか？　ハルキウには親戚がいるの。カリーナとその夫と一〇歳の息子。アパートが空爆を受けて、あの人たちは無一文。インスタグラムで、ヨーロッパに出るのを助けてくれないか、って書いてきたわ。フランスに落ち着ける場所を見つけたの。パスポートを作るお金も送ったし」

「心配することはありません。もちろんご親戚は助けます。わたしにはハルキウから難民を連れ出す方法があるんです」

　クルマはキエフの中心にあるホテルの地下駐車場に入った。スーツケースをもってエレベーターで地上階に上がった。

「エムベルといいます」ロビーで待ち受けていた金髪の若いアメリカ人女性が名乗った。「ご一緒できて、とてもうれしいです。わたしたちがあなたを警護します」

　五つ星ホテルの豪華なロビーの離れたところに、迷彩服を着て自動小銃を持った背の高いヒゲ面の男が何人かいた。

「では、明日、記者会見を広報します」とリーザが言った。「今日はもう遅いですから」

　ニックとエレベーターで五階に上がった。

「町に行ってガソリンを探してきます」ニックは言った。ニックはホテルに戻ってから、キエフ市内のガソリンスタンドに一キロの長さの行列ができている動画を見せてくれた。

翌朝、リーザからメッセージが届いた。

「記者会見のプレスリリースを出しました。ところが信じがたいことが起きました。モスクワからインターファクスに電話が入り、脅迫が始まったのです。申請書を受け取った女性も脅されました。今までこんな目に遭ったことはない、と彼女は言っています。脅迫はモスクワと、ウクライナの記者たちの双方から来ています。記者たちはあなたのことをプロパガンダの先兵で、FSBの回し者だと言っています。こうした否定的な反応のせいで、記者会見は中止せざるをえなくなりました」

SNSを開いて読み始めた。憎悪と、わたしに向けた侮辱の波が途切れることなく押し寄せていた。

「オフシャンニコワはクレムリンが操る心理作戦に関与している。彼女は制裁解除を訴えている」

「ウクライナ・ジャーナリスト連盟はオフシャンニコワからヴァツラフ・ハヴェル賞を剥奪することを呼びかける」

「保安庁は何をしている。ただちにプロパガンダ女を逮捕し、訊問せよ」

わたしは狭い部屋中を足早に歩いた。こめかみで血管が脈打っていた。バッグから鎮静剤を取り出した。部屋の電話機にモスクワからの馴染みのない番号があらわれた。

「こんにちは、マリーナさん！　『コメルサント』の記者です。あなたをオンライン会議にご招待したいのですが」

「どんなテーマの会議ですか？」

「ロシア人憎悪についてです」

「それなら言いたいことがあります。ヨーロッパにはロシア人憎悪なんてありません。これは、ロシア人がプーチンのまわりに結束するために、プロパガンダ・メディアがわざと煽っているテーマです」

「あなたの事前の承諾が必要なんです。後ほど編集局からご連絡します。その者に承諾を伝えてください」

電話の向こう側にいる人間は言葉をゆっくりと発音し、あきらかに時間稼ぎをしていた。わたしは受話器を置き、ちょっと考えた。

『コメルサント』のわけがない。ロシアではわたしの名前は禁じられている。電話をしてきたのは誰だろう？　奇妙な電話だ。

すぐに隣の部屋をノックし、ニックにこのことを伝えた。ニックは驚いたようにわたしを見た。

「知らないんですか？　特殊な機材があれば、一、二分でその人の居場所を割り出せるんです。なんで覚えのない番号に出るんですか？」

「時々、人を信じすぎるんです」バカなことをしたと思い、答えた。「誰だったんでしょう？」

「わかりません。FSBが、あなたの居場所を知ろうとしたんでしょう」

心臓が異常にドキドキし始めた。まとわりつくような恐怖が一瞬のうちにわたしを金縛りにした。わたしは何をしたらいいのかわからなかった。

ニックは怒ったトラのように部屋の中を歩き回った。絶えず電話をかけ、何か叫んでいた。状況は逼迫してきた。携帯電話をベッドに投げつけると、ニックはこちらを向いた。

「すぐにここから出ましょう。明日朝五時です。ウクライナ保安庁の知り合いが朝、SNSにたくさんの脅迫が来ていると電話で教えてくれました。状況はきわめて危険です。彼らがわたしたちをポーランドとの国境まで送ってくれます」

「なぜポーランドなの？　モルドヴァに戻るんじゃないの？　キシナウのホテルに荷物を残してきてるわ。リュックのなかには自由フォーラムでもらった彫像があるし」

「その彫像と自分の命と、どっちが大事なんです？」

「わかったわ。彫像のことは忘れて、あなたの言う所へ行きましょう」

わたしたちは一階に降りた。ロビーには、自動小銃を担いだヒゲ面の男たちはもういなかった。重苦しい静けさだった。

「警護はどこへ消えたの？」周囲を見渡しながら、不安気な声でニックにきいた。

「知りません。二時間前にはいましたがね」

「変ね。リーザもヤロスラフも電話に出ない。どうしたんだろう？」

カフェに行き、テーブルに着いた。この時、知らない番号からのメッセージが入った。「ウクライナ内務大臣顧問があなたと面会したいそうです」

「すみませんが、わたしは治安機関の人には会いたくありません。わたしは記者と会いたかったんです」事態の展開に驚きながら、返事を書いた。

しばらくすると通信社のニュースが流れた。

「マリーナ・オフシャンニコワの名前はウクライナの敵をリストアップしているデータベース『ピースメーカー』に載っている。オフシャンニコワはクレムリンの情報心理作戦に関わっている」

「ニック、これは情報戦争よ。誰もわたしのことを信じていない。どっちの刑務所に入ればいいの、ロシア、ウクライナ？」

「なぜウクライナの刑務所なんです？　あなたはウクライナ人を助けたいんでしょう。わたしには何が何だかさっぱりわかりません」ニックは驚いたように肩をすくめた。

「SNSでは、プロパガンダをやってたのだから、わたしを収監すべきだ、と書かれてるわ」

「世界は正気を失ったんです。明朝五時ちょうどに出発しましょう。ウクライナ保安庁はわたしたちをエスコートするのをやめました」

「なぜ？　何が起きたの？」

「リスクを冒したくないからですよ」

「わたしたちだけで行くの？」

「他の方法はありません。なるべく早く出たほうがいい」

「わたしたちだけならキシナウに行きましょうよ」

「いいですよ」ニックは自分のボスからのメッセージを読みながら、素っ気なく答えた。

その夜、分厚いカーテンを開けてバルコニーに出た。夜の帳がゆっくりと町に下りてきていた。道路はクルマもまばらになっていた。キエフは外出禁止令の時間だった。
二、三時間、浅い眠りについた。次々と悪夢を見た。夜中の三時に飛び起きるとベッドサイドの灯りをつけてニュースを読み始めた。
「リマン、ミコライウ、チェルニーヒウ州、オデーサ州に空爆……」

四時四五分、携帯の空襲警報が鳴った。

「空襲警報——キーウ——全員退避」

心臓がドキドキした。廊下に飛び出し、隣の部屋をノックした。

「ニック、逃げなきゃ……地下駐車場に隠れましょう」

ニックは黙ったままカーキ色の大きなバッグをつかむと、ドアから駆け出した。エレベーターで地下駐車場に降りた。空襲警報は止んだ。

ニックは荷物をクルマに投げ入れた。何が起きるかまったくわからなかった。

「チェックポイントを九つも通過するのは無理ね。撃たれるか、逮捕されるかだわ」

クルマの後部座席に身を隠しながら、わたしは唸るように言った。

「話をはぐらかしてやりますよ。わたしはイギリスの記者、記者登録証もある。あなたは通訳ということにしましょう。一番大事なのは、あなたがロシアのパスポートを持っていると悟られないことです。寝ているふりをしていてください」

道に沿って立ち並ぶ木々が視界に入っては消えて行った。前方に最初のチェックポイントが見えた。ニックは背が高くがっしりとした迷彩服の男のそばでクルマを停めた。

「ハーイ、ハウ・アー・ユー？」ニックは昔からの友人のように笑いかけた。「マイ・ネーム・イズ・ニック。前線で取材をしていました。危険でした」

ニックは領土防衛隊の兵士に記者登録証を差し出した。この時、チェックしていた男はわたしに気づいた。わたしは頭をスーツケースの上に預けて目を閉じ、じっと寝たふりをしていた。

「パスポートを見せてください」兵士が言った。

ニックは微笑みながらしゃべり続け、イギリスの青いパスポートを差し出した。

「あなたのパスポートは？」兵士は厳しい目つきでわたしのほうを見た。

わたしはゆっくりと目を開け、バッグから黒いカバーをかけたロシアのパスポートを取り出すと、ドイツの人道ビザがあるページをさっと開いた。兵士はビザを見てから厳しい眼差しをわたしに向けた。わたしは兵士に微笑みかけ、気楽な感じでニックとおしゃべりを始めた。

チェックしている兵士はもう一度こちらをじっと見て、わたしたちのパスポートをニックに返した。

「それじゃ、お元気で。マイ・フレンド」ニックは兵士に大きな声で言うと、アクセルを一気に踏み込んだ。

「やったわね！　うまくいった」わたしはうれしくなって叫んだ。「あの人はわたしのパスポートがロシアのだって気づかなかったのね。わたしをイギリス人だと思ったんだわ。国境までチェックポイントはあと八つ。うまくいくかしら？」

「もちろん、うまくいきますよ」ニックが叫んだ。「うまくいきますとも。突破しましょう」

チェックポイントごとにニックはひと芝居演じて見せた。イラクでの従軍の様子を兵士たちに手に取るように語ってみせるかと思えば、ガソリンはどこで手に入るのか、一番近い店はどうやったら見つけられるのかなどと尋ねた。チェックする兵士たちは英語の話に必死で耳を傾け、多少ドギマギしながらブロークンな英語で道を教えてくれようとした。

パスポートのことは、その後誰も尋ねなかった。

「ニック、あなたは『オスカー』ものね」最後のチェックポイントを通り抜けた時、わたしは大きく拍手した。「あなたはわたしの命を救ってくれたわ。あとは国境を越えるだけ。万が一のために弁護士にメッセージを送って支援を頼んだわ。逮捕されたら、訊問はどのくらい続くと思う？　モスクワで生放送の抗議をした時は一四時間も訊問されたわ」

「そりゃあたいへんだ。ウクライナじゃあ、もっと早く解放してくれますよ」

前方にはなじみとなった国境のパランカ検問所が見えた。わたしたちのクルマはそれほど長くない列の後ろについた。六月の太陽が照り付けていた。ニックは窓を開け、エンジンを切った。いい結果をじっと待つしかなかった。

若い国境警備兵がわたしのパスポートを取り上げ、わたしを小さな小屋へ連れて行った。

「携帯電話を見せてください」兵士は言った。

「どうぞ」わたしは二つの携帯にパスワードを入れて兵士に渡した。「隠すことは何もありません」

若い兵士は興味深そうにメッセージの内容を調べた。どうやら、彼はこんなにいろいろな国から来たメッセージを生まれて初めて目にしたようだった。

「驚かないで。抗議活動の後、おもに記者だけど、まったく知らない人たちもメッセージを送ってくれるの。わたしたちには共通の敵がいるわ。その男はクレムリンにいる。わたしたちは皆、プーチンの人質になってしまったんです。プーチンは正気を失ったのよ。そして核兵器で世界を脅している。あなたたちは自分の祖国の大地を守っている。ウクライナでは徴兵事務所に行列ができているのに、ロシアでは徴兵事務所が放火されている。誰もプーチンのために死にたくないのよ」

二時間話をした後、国境警備兵は問題なし、と上層部へ報告した。別れ際にセルフィーを撮った。兵士はわたしたちに書類を返し、通過を許可した。

クルマに座るとわたしはニュースを読み始めた。

「想像できる?」わたしはニックに言った。「ウクライナの役所は、わたしの入国は禁止すべしと言っているし、ロシアでは下院議長がわたしの市民権を剝奪すべきだ、と言ったのよ。これがこの無意味な戦争との戦いでわたしが得たものなのね」わたしは疲れた声で言った。

わたしのセキュリティアドバイザーは肩をすくめた。

夜遅くキシナウのホテルに着いた。ニックは電話で、わたしのドイツへの避難経路について話し合っていた。

ひどく疲れていたので、部屋に行きスーツケースの整理を始めた。ドアを叩く音がした。ニックが駆け込んできて叫んだ。

「ただちに出ましょう」

「どうしたの？　どこへ？」

「ルーマニアです。不要な質問はしないでください」

急いで荷物をスーツケースに戻した。ニックはスーツケースをつかむと階段を駆け下りた。慌てて最後まで閉め切れなかったスーツケースのジッパーからヘアスプレー缶が大きな音を立てて落ち、階段を転がった。清掃員の女性が驚いたようにわたしたちを見た。

わたしが飛び乗ると、クルマは発進した。

「いったいどうしたって言うの？　説明してよ。なんでこんなに慌てているの？」

「ここは危険です。わたしたちセキュリティアドバイザーが、あなたをなるべく早くドイツに送り出すことを決めました。二時間後にあなたの乗る飛行機がルーマニアの空港を離陸します。チケットはすでに購入済みです。あなたを空港まで送っていきますが、わたしはポーランドに行きます。クルマを返さなければならないんです」

憑かれたようにわたしたちは空港へと走った。道中での唯一の障害はモルドヴァとルーマニアとの国境だった。

「通してください、お願いします」わたしはルーマニアの国境警備兵に懇願した。

「飛行機に乗り遅れてしまいます」

国境警備兵たちは冷淡な眼差しをこちらへ向けた。

わたしたちの他、急いでいる人は誰もいなかった。

「あんなことは言わないほうがよかったですね。今度はわざと時間をかけておれたちをチェックしますよ」ニックが忌々しそうに言った。

それでも二〇分後、わたしたちは書類を返してもらった。何の奇跡のおかげか、わたしはギリギリでベルリン行きの便に間に合った。

1 パランカ国境検問所　モルドヴァ南東部、首都キシナウとウクライナ南部の港町オデーサを結ぶ主要路線上にあり、ウクライナ侵攻直後は戦火を逃れるウクライナからの避難民が長蛇の列をつくった。
2 イルピン、ブチャ、マリウポリ　いずれもロシア軍の占領下で多くの市民が犠牲になったウクライナの都市。イルピンとブチャはキーウ郊外にあり、ロシア軍はすでに撤退。マリウポリはロシアが占領中。

18 バッシング
――二〇二二年六月、ベルリン

「オデーサリポートはいつ編集できるんですか？　原稿は書き終えています。編集マンが必要です」飛行機がベルリンに着陸すると同時に、わたしは『ヴェルト』にメッセージを送った。

返事はなかった。

金曜日だった。二晩寝ていなかった。疲れ果てていたが、仕事は仕事だ。

ホテルの枕のそばに携帯を置いて返事を待ちながら、着替えもしないままベッドに横になった。いつでも編集に駆け付ける準備はできていた。目が覚めたら土曜日の朝だった。返事はない。ジリジリしながら一日が過ぎた。日曜日も携帯は黙ったままだった。どうなっているのか見当がつかなかった。月曜の夜になってようやくメッセージが来た。

「『ヴェルト』の幹部は明日一六時にあなたをお待ちします」

編集についてもオデッサの素材についても一言もなかった。何もかも変だ。約束の時間を待ちながら、ニュースサイトとSNSをスクロールした。わたしの投稿の下にあるコメントや、わたしの名前が出ている投稿を読めば読むほど、恐ろしくなってきた。コメントは毒をまき散らし、投稿者は恥ずかしげもなく感情をあらわにしていた。

愕然としたのは、ロシア人もウクライナ人もわたしのバッシングではスクラムを組んでいることだった。彼らはともに激しい怒りをわたしにぶつけていた。わたしが西側にカネで買われているという投稿もあれば、FSBのスパイだという投稿もあった。またプロパガンダ屋には過去もへったくれもなく、オフシャンニコワは、今でもプロパガンダ屋なのだ、という投稿もあった。一言でいえば、わたしはあらゆる人にとって「敵」なのだった。

体を丸め、せめて一つでもポジティブなコメントがないかと必死に探した。わたしは目をつぶり、眠り続け、消えてしまいたかった。いや死んでしまいたかった。巨大な、恐ろしい波がわたしに覆いかぶさり、息もできないように感じた。

なぜ？　お願い、やめて。なんのせいで？

わたしは疲れ果てて『ヴェルト』の幹部との会合に向かった。

長いテーブルに座っていたのは二人だった。二人は硬い表情だった。わたしはまだウクライナで撮影した素材の話ができるものと期待していた。

「わかりますよね」一人が小さな声でしゃべり始めた。「あなたの身の安全を保証することはわれわれにはできかねます。わたしたちは小さなメディアです。あなたはもっと大きな雇い主を探したほうがいい」

「計画されていたように、本でも書いたらいかがです？」もう一人が話を継いだ。

「合意の通り、あと三ヵ月はあなたを財政的に支援します」

喉にこみあげるものがあった。まったく一人になってしまったことがわかった。完全に、本当に一人だ。視線を落とし、黙って会議室を出た。

下の階の編集局の出口で、知り合いの記者に出くわした。彼は驚いたようにわたしを見た。たぶん、憔悴しきった姿だったのだろう。

「たったいまクビになったわ」わたしは言った。「ウクライナから帰ってきたの。でもわたしの素材は誰にも必要なかったようね。わたしがいない間に何があったの？」

「ウクライナ人がまた抗議したんです。『ヴェルト』のサイトやSNSはネガティブなコメントであふれています。あなたを解雇しろと求めているんです。Change.orgにはあなたに反対する請願欄までできています。『ヴェルト』では、いままでこんなことはありませんでした」

「それでわかったわ。クレムリンは敵の手を使って、自分たちに反対する者を葬ったのね」

別れを告げ、意気消沈したままホテルへ歩いた。スマホのスクリーンには見覚えのないウクライナの電話番号があらわれた。

「こんにちは。わたしはStrana.ua.のオレーシャ・メドヴェージェワといいます。あなたにインタビューしたいと思っています」

これはチャンスだ。これで全部説明できる。そう思うと、若干気を取り直した。わたしはウクライナの敵ではない。これは間違いだ。誤解だ。すべてを彼らに話そう。そうすれば彼らにもクレムリンの汚い策動の犠牲だったことがわかってもらえるだろう。

スカイプでインタビューに応じることになった。

三〇分後に連絡音が鳴った。パソコンの画面は真っ暗だった。

「そちらが見えませんが」わたしが言った。

「動画は必要ありません。音声だけ録音します」心地よい女性の声が答えた。「わたしたちは文字のオンラインメディアですから」

一時間にわたってすべての質問に率直に答えた。何日か経った。インタビューは出ない。ウクライナの番号に宛ててメッセージを書いた。

「オレーシャ、インタビューはいつ出るのですか?」

メッセージは配信されなかった。電話番号はブロックされていた。

この時ようやく、これが仕組まれた策略だったとわかった。

何かがおかしいと思い、ネットでこのインタビューを探した。偶然、ユーチューブでビデオを見つけた。質問の音声は変えられていて、わたしの答えは文脈から切り離され、切り刻まれていた。サブタイトルで、わたしは「プロパガンダ屋」とされていた。ビデオには数十ものウクライナ語のネガティブなコメントがついていた。

絶望感に襲われてホテルの部屋に閉じこもり、外出しないようにした。朝早くから神経性の咳の発作が始まり、夜遅くまで止まらなかった。医者の助けが必要だったが、あきらめた。熱に浮かされたようにニュースをスクロールしながら一日中インターネットを見続けた。

プロパガンダ係のロシア・テレビのドミートリー・キセリョフ[1]はこう伝えた。「ロシアを去って〈自由な世界〉へ行った者たちの運命は決して羨むようなものではありません。ロシア人であるというだけでバッシングを受け、祖国を捨てたことで常に後悔を強いられています。紙を広げて『ヴレーミャ』の生放送のスタジオに飛びこんだ、あのマリーナ・オフシャンニコワも同じです。ロシアでは裁判によって罰金が科されましたが、西側ではあっという間に英雄視されました。何か勘違いしたのでしょう、西側の甘言にすり寄ったオフシャンニコワは子供を捨てました。

ドイツで最初は『ヴェルト』に職を得ましたが、他にやることのない無職のウクライナ人たちがデモをおこない、オフシャンニコワの解雇を求めました。『ヴェルト』にも居場所はなかったわけです。今度はウクライナに行きましたが、さらに悪いことになりました。ウェブサイト〈ピースメーカー〉がオフシャンニコワをデータベースにリストアップしたのです。これは身の安全を考えると不穏な兆候でした。しかもネットではバッシングが起きました」キセリョフは満足げにそう伝えた。

「オフシャンニコワはキエフからオデッサに行こうとしました。しかし待っていたのは記者会見の中止と敵意でした。オフシャンニコワの足跡はここで途絶えました。最新の情報で明らかになったのですが、金髪のオフシャンニコワは、総合格闘技の金網リングに、出場する〈格闘家〉のネームプレートを掲げて登場するラウンドガール役をオファーされたようです。胸の露出度の高い水着を着るそうです。アメリカのどこかでやるのでしょう。まあ、ジョークかもしれませんが。いずれにせよ、このラウンドガールがどうなったかはまだ報道されていません」嘲《あざけ》るような調子でキセリョフは言った。

気が変になってしまいそうだった。クリスティーナはわたしを守ろうとして、わたしのSNSから侮辱的な投稿を「クリーニング」してくれていた。しかし、次から次へと投稿は続いた。わたしはもう読まないことにした。

ホテルの予約が切れるまであと三日だった。この後どうするのか、決めなければならなかった。わたしは他国で一人きりだった。家族もなく、家もなく、仕事もなく、見通しもなかった。

「ねえ、いつ帰ってくるの?」電話の娘の声は溺れる者にとっての救いの藁のようだった。

わたしは娘のアリーナとほとんど毎日話をした。その都度、こちらの気が動転していることを娘に感づかれないように、自分の意志を拳のように固めなければならなかった。娘にとってわたしは強く、自信に満ちていなければならない。

自分でもそれと知らぬ間に、娘は誰よりもわたしを支えてくれていた。

しかし、今はわたしの力が限界だった。

「ロシアに帰るのが怖いの」わたしは話し始めたが、自分があけすけにしゃべっていることに驚いた。「刑務所送りになるでしょうね。もう少しだけ待っていて。どうしたらあなたをドイツに連れ出すことができるか考えているの」

「パパは絶対わたしを出してくれないわ。わたしの出国を禁止したの。パスポートも持ってないし」

「アリーナ、何か考えましょう。出口なしの状況なんてないことはわかるでしょ。きっと出口は見つかる」

プロテクトのかかったメッセンジャーでわたしは信頼する人びとにメッセージを送り続けた。

「娘をロシアから連れ出すのを助けてください」

友人たちもお手上げだった。

娘を誘拐してクルマのトランクに押し込むとか、他人名義のパスポートで国境を越えさせるという提案は即座に却下だった。

電話が鳴った。

「もしもし。とんでもなく簡単だよ」電話からわたしたちの住む居住区の隣人の元気な声が聞こえた。「親がいなくても四万ルーブルで子供に外国旅行用パスポートを作ってくれる会社をモスクワで見つけたよ。出生証明と居住証明があればいいんだ」

わたしは躍り上がらんばかりだった。人生で初めて、ロシアに汚職がはびこっていることを喜んだ。

夕方になってベルリンの中心部に散歩に出た。フリードリッヒ通りを歩き、新鮮な空気を吸い込んだ。ここ数日の出来事で、ずっと続けてきたランニングをするエネルギーもなかった。通り過ぎる人びとの顔を眺めた。子供連れの女性たちがたくさんいた。笑い、夢中になって何か話している。見ていて羨ましかった。彼女たちの生活は幸せで落ち着いていて、何年も先までの計画がある。ところがわたしは明日をも知れぬ身だった。新しい毎日が、すぐに解決しなければならない新たな問題を引き起こしていた。でもわたしは、なんとかなるような気がした。もう少しすればアリーナと一緒になれる、わたしたちは何の憂いもなくフリードリッヒ通りを散歩できるだろう。

「なんと、断られたよ。コンピューターにアリーナのデータを入れた瞬間、マークが出たんだ――FSB監視下って」

隣人のメッセージに打ちのめされた。お金じゃどうしようもない。

最後の希望がシャボン玉のようにはじけた。わたしに残る唯一の解決策は、ロシアに帰国することだった。わたしからそれを聞いた全員が口をそろえて思いとどまらせようとした。誰もが、逮捕は避けられないと確信していた。

「きみのパスポートはどうやら失効しているようだ。仲間がデータベースで調べたよ」いつものように元気に電話口でサヴェリイが大声で言った。オデッサで会ってからすぐ、サヴェリイは家族とともにイタリアへ出ていた。

「どういう根拠で？　わたしはロシア市民よ。入国する権利があるわ。刑事事件でも提訴されていないし。まずわたしを自由に入国させて、そのあとは好きなだけ陰謀論陰謀論ゲームを続ければいいわ。その間にわたしは自分の問題を解決して、そのあとは好きなだけ娘にパスポートを作って、それから娘と一緒に出国するわ」

「大きなリスクを冒すことになる。まあいい、きみの誕生データと生まれた正確な時間をくれないか。占星術で見てあげるよ」

サヴェリイはメディアマネージャーだったが、だいぶ前から占星術師でもあった。クライアントには有名なビジネスマンや政治家までいた。わたしは、占星術は信じていなかったけれども、念のためにデータを送った。次の日、サヴェリイはボイスメッセージでこう伝えてきた。

「すべてチェックした。きみの星占十二宮図に刑務所はない。しかしいずれにしても注意すること。もしきみのパスポートが失効していると言って空港ターミナルのベンチに座らせられても、じっと待ちなさい。そこでことさら目立つようなことはしないように」

　メッセージを聞き終わると、何日ぶりかでわたしは微笑んだ。サヴェリイには場をなごませる力がある。わたしはサヴェリイに、目立つようなことはしないが、黙り続けるつもりはない、と伝えた。

　出発前の夜はブランデンブルク空港で過ごした。ホテルの滞在期間は終了し、ベルリンで他の空室を見つけることはできなかった。町は人であふれ返っていた。ウクライナからの難民と、プーチンから逃げ出してきたロシア人がたくさんいた。安宿には空きがまったくなかった。クレジットカードを使わずにホテルを予約しようとしてみたが、ダメだった。わたしのカードは制裁によって、ロシアの国外では役に立たなかった。制裁は戦争を止めるのにきわめて有効な手段だということを、わたしは理解した。その夜は空港で寝ることにした。

　空いているベンチに座り、頭をスーツケースにもたせかけ、眠ろうとした。悪い夢を見た。

　マレーシア航空ＭＨ17便、[2]ボーイング機の夢を見た。飛行機の残骸の中を歩くオーストラリアの家族。夫婦は一人娘を捜していた。娘は火星に飛んで、生活をより良いものにしたかった、と夫婦は話していた。

　あの運命の二〇一四年七月一七日、分離独立派がドンバス上空でボーイング旅客機を撃墜した時、わたしは職場にいた。夜のプライムタイムの時間だった。幹部たちも仕事をしていたので、決定は瞬く間に下された。墜落現場からの映像はまだ一つもなく、ブラックボックスも解析されていなかったが、撃墜犯はもう見つかっていた。すべての責任をウクライナになすりつけなければならなかった。

事故の第一報は、墜落から四〇分後の『イブニング・ニュース』で伝えられた。ドネツクを拠点とする記者が「ウクライナのスホイ戦闘機がスネージノエ市の近くで旅客機を攻撃し、撃墜した」と伝えた。

『ヴレーミャ』では軍事評論家が説得力をもって語った。

「旅客機を撃墜できるのはウクライナ軍の地対空ミサイルシステム〈ブーク〉だけだ。叛乱軍にはこのような兵器はない」

番組終了間際にエカチェリーナ・アンドレーエワがいわくありげな声で伝えた。

「ウクライナ軍の標的はロシア大統領機だった可能性があります。ロシア航空局の情報源は、匿名を条件に、ロシアの大統領専用機とマレーシア航空ボーイング機は同一地点、同一高度で交差しており、それはワルシャワ近郊だった、と語りました」

偽情報はたいへんプロフェッショナルに、かつ説得力をもって報じられるので、時にはわたし自身、全部が偽というわけでもないのではないかと思えてしまうほどだった。ましてやモニターの向こう側にいる一般の視聴者にとってはなおさらのことだ。信じ難ければ信じ難いほど、ウソはよろこんで信じてもらえるものだ。

八年後、オランダ・ハーグの裁判所は、ロシアのすべての主張を審理し、いずれも成立しがたいとした。国際合同調査団は、マレーシア航空機は、ロシアから搬入され、その後、再びロシア側に搬出された地対空ミサイルシステム〈ブーク〉によって撃墜されたと結論づけた。三人の分離主義者が有罪判決を受け、当事者不在のまま終身刑を言い渡された。判決直後、オランダはロシアをテロ支援国家に指定した。

わたしは身震いして目が覚めた。頭が割れんばかりに痛かった。起き上がり、搭乗ゲートに向かった。ロシアへの帰国が、わたしにとって本当の試練になることはわかっていた。しかし他の選択肢はなかった。

1 ドミートリー・キセリョフ　ジャーナリスト。ロシア国営放送の看板司会者で、ロシア・トゥデイのマルガリータ・シモニヤンと並んでプーチン政権のプロパガンダ発信源とみなされている。

2 マレーシア航空MH17便　二〇一四年七月一七日、オランダ・アムステルダム発でウクライナ東部の上空を飛行中だったマレーシア航空17便が撃墜され、乗員乗客二九八人が死亡した事件。当時、ウクライナ東部ドンバス地域を占領していた親ロシア派武装勢力がミサイルで撃ち落としたとして、オランダの裁判所は二二年、親ロシア派武装勢力の幹部らに殺人罪で終身刑を言い渡したが、ロシア側は「ウクライナ側の犯行」などと主張し、関与を否定。

19 ロシアへの帰国
――二〇二二年七月、モスクワ

飛行機がヴヌーコヴォ空港に着陸すると、わたしはすぐに新しい弁護士に電話した。ドミートリー・ザフヴァトフ弁護士は到着ロビーで待っていた。

「あなたの位置情報をオンにしてください」とザフヴァトフが言った。「あなたが拘束された場合、どこへ連行されるかわかりますから」

位置情報を送ってから、娘に電話した。

「やっと着いたのね」娘のうれしそうな声がきこえた。「ママが帰ってくるってわかると、パパがすぐにわたしを家から連れ出して、おばあちゃんの別荘に連れてきたの。ここにいたくないわ。わたしをここから連れ出してよ」

電話を切り、覚悟を決めてパスポートコントロールに向かった。国境警備員がわたしのパスポートをのぞき込んだ。

「脇へどうぞ。いまお呼びします」国境警備員は言った。

ベンチに座り、サヴェリイに言われた通り、待った。位置情報を立ち上げたため、携帯のバッテリーが見る間に減っていく。充電器を買っておけばよかった。ザフヴァトフ弁護士と会うまでバッテリーがなんとかもってくれることを願った。

横から足音が聞こえてきた。私服の男がわたしのパスポートを差し出した。

「お通りください」

わたしは黙ってスーツケースをつかむと到着ロビーに向かった。

ザフヴァトフ弁護士がこちらへやってきた。背の高い堂々とした男性だ。若いけれども、すでにロシアでは有名な人権活動家だ。ザフヴァトフの依頼人には〈プッシー・ライオット〉[1]のメンバーや市民活動家などがいた。わたしがベルリンにいた時、ザフヴァトフは子供に関する裁判の支援を引き受けてくれたのだった。

「これはこれは！　あなたを解放してくれるとは」ザフヴァトフは感嘆の声をあげた。

「まだ序の口ね」わたしは皮肉まじりに言った。「こんなに簡単に行くと思う？　これからいろんな手で引っかけてくると思うわ」

こう言い終わった時、わたしたちの行く手を、大衆紙のしつこい記者がさえぎった。

「一度は逃げ出した国に戻った感想はどうですか？　ロシア人にもウクライナ人にも嫌われて、どうやって生きているんですか？」記者は一気にしゃべった。

わたしはカメラに背を向け、足早に歩いた。揚げ足取りの質問に答える気はなかった。ここではひとつひとつの言葉が前後の脈絡もなく抜き取られ、わたしの意に反して使われてしまう。記者はわたしたちの後を追いかけ、一部始終を携帯で撮影した。記者は一歩も退かなかった。わたしたちはクルマに飛び乗りドアをロックした。

「尾行がつかなければいいんですけれど」クルマがキエフ街道に出る時、ザフヴァトフ弁護士は注意深くバックミラーを見た。「奴らは尾行にはラーダかルノーかシボレーの目立たない灰色のクルマを使うんです」

怪しいクルマはいなかった。クルマの流れの中に、時々忌わしいZの文字を描いたクルマがあった。道路脇には軍服姿の男の写真と〈英雄を誇りにしよう！〉と書かれた広告塔が同じ間隔であらわれた。ただ、この「英雄」たちの顔つきはまったく陰気だった。彼らが花束と栄誉礼で祖国に迎えられることはないだろう。

家に近づいた。隣の通りには〈ＣＣＣＰ〉と書かれた赤旗[2]が翻っていた。

「どうやらお隣さんはプーチンと一緒にソ連時代へ戻ることに決めたようね」わたしは憤慨した。

「ほら」ザフヴァトフは別の家のほうに手を振った。「こっちは海賊の旗だ」

「わたしがモスクワを出る時には、こんなのはなかったわ。こうやって現状に賛成していないことを表明しているのね。驚くことはないわ。戦争は、ロシアの家族を引き裂いているんだから。きっと、隣同士の付き合いをやめたのね」

ザフヴァトフは悲しげに溜息をつき、わたしのスーツケースを引っ張り出すと帰っていった。

わたしは庭へ行った。母がいた。

「あら、帰って来たんだ！　思ってもみなかったよ」母は怒りで顔をゆがめながら言った。「だってユーゴスラヴィアが空爆[3]された時だって、あんたは黙っていたじゃないか。ウクライナのナチストがドンバスでロシア人を攻撃したときだって」

わたしは喉が締め付けられた。ひどく疲れていたので、黙っていることにした。プーチンと同い年の母は、数百万のロシア人と同様、クレムリンのプロパガンダによってゾンビにされてしまった。朝から晩まで母はプーチンのプロパガンダの先兵であるウラジーミル・ソロヴィヨフの言うことを聞いているのだが、ソロヴィヨフはいつでも母にウクライナ人とアメリカ人を憎むよう説いていた。母にとってソロヴィヨフは権威なのだ。いまの母にとって、わたしはロシアを廃墟にしようとする「スパイ」なのだ。身近な人間に真実を伝えようとするわたしの試みは不毛だった。政治の話をすると喧嘩になった。

ドアを開けると、二匹の白毛のレトリバーが文字通り天井まで跳び上がらんばかりに喜んで、わたしの頬を舐め、尻尾を振った。

「ベリー、会いたかったよ」大好きな犬の耳を撫でた。この二ヵ月で子犬が大きくなったことに驚いた。

二階から階段を下りてくる息子の声が聞こえた。

「なんだ、もうちょっと早く、帰国のことを知らせてくれればよかったのに」

「何か問題、ある？」わたしは軽く言った。

「どこか別の場所に住んだら？　僕は僕たちの安全が心配なんだよ。部屋でも借りたらどう？」

息子に、自分は犯罪者ではないし、逃げも隠れもしない、と話そうとした。わたしには自分の家がある。それに、ホテルや他人の家を泊まり歩くのは飽き飽きだった。

「じゃあ、僕がパパのところへ行くよ」息子がきっぱりと言った。

「いいわ。それがあなたの選択なら」わたしは同意した。わたしが家にいないうちに子供たちは、わたしに反発するように仕向けられたことがよくわかった。元の鞘《さや》に収まるには時間が必要だった。

翌朝、目を覚ますとすぐに裁判所へ行った。子供は誰と生活を共にしていくのか、裁判所が判断を下すはずだった。ロシアでは裁判所は、子供を母方に残すのが通例だった。しかしどんな通例にも例外はある。わたしの場合はまさに例外だった。

チェリョムシキン裁判所の外には記者が集まっていた。

しかし後見人をどうするかという部分には記載がなかった。裁判所の審理は三ヵ月延期となった。

前の夫は、わたしとも、弁護士とも、二人の共通の友人とも、記者とも話をしたがらず、これまでと同様、娘の居場所をわたしに知らせなかった。沈黙したまま、わたしに敵対していた。わたしは彼が上司マルガリータ・シモニヤンの気に入るように行動しているのではないかと思った。彼の側にはロシア・トゥデイという巨大なプロパガンダ・マシーン、権力とカネがある。わたしには不利な闘いが待ち受けていた。

一週間、二週間が過ぎた。猛り狂った雌トラのように、わたしは家中を駆け回り、息子や親類、友人に電話し、娘が帰ってくる手助けを求めた。

アリーナも手をこまねいていたわけではなく、自分の自由のために闘った。一日に一〇回も父の職場へ電話した。彼女は執拗に要求し、頼み、泣き、説得し、最後には懇願した。アリーナの粘り強さにあらゆる障壁が崩れ落ちた。数日後、アリーナは家の玄関に姿をあらわした。

わたしたちは限りなく幸せだった。キッチンで冗談を言い合い、笑った。そしてどんな目に遭ったのかを息つく間もなく語り合った。

この時ちょうど、内務省からの電話が鳴った。

「お嬢さんの外国旅行用パスポートの書類を提出されましたが、娘さんにはパスポートを作成できません。この未成年者の出国には禁止がかかっています」

「当面、娘を外国に連れて行くつもりはありません。ただ証明書を作りたいんです」

「いや、お嬢さんのパスポートは作れません」

「そんな権利はあなたたちにはないでしょう」わたしは反論した。「不服申し立てをします。その行動が子供の利益に反しない限り、片方の親の権利が制限されることはないはずです」

電話の向こうで押し殺した笑い声が聞こえた。不服申し立てなんて無駄だ。ロシアでは法が機能していないのだから。ましてや、この犯罪的な戦争に反対した人間に対しては。

「モスクワ区議会議員アレクセイ・ゴリノフに懲役一〇年の可能性」朝、ニュースで読んだ。

ゴリノフは、児童画コンクールを開催するのではなく、ウクライナ戦争の犠牲者の追悼式をやろうと区議会で提案して逮捕された。この件の「捜査」は五日間で終わり、裁判は非公開だった。

何も考えず、ただゴリノフへの支持を示そうと思い、メシチャン裁判所に行った。通りにはゴリノフを支持する多くの人たちがいた。裁判所の中へは誰も入れてもらえなかった。みんな、法廷での展開を、オンラインの文字情報で追っていた。

人ごみのなかで若い記者スラーヴァ・チーホノフを見つけた。彼はクルマに乗る人たちに、後ろの窓にZのシールを貼るな、と生放送で呼びかけたために、テレビ局モスクワ24をクビになっていた。

「この二、三ヵ月、政治家のイリヤ・ヤーシンを取材していたんです」スラーヴァはわたしに言った。「でもヤーシンも何日か前に逮捕され、公務執行妨害で一五日の勾留になりました。おそらく刑事事件で訴えられるでしょう。だから、どうしたらいいかわからず困っているんです。また職なしに逆戻りです」

ゴリノフ議員を支援する人たちがこちらに来た。スラーヴァがわたしを皆に紹介した。

「アーニャです」背の低い、暗色の巻き毛の女の子が名乗った。「モスクワの町中に平和を象徴する緑のリボンを結んで、『戦争反対！』のステッカーを貼っています。スーパーの値札のところに反戦ビラを差し込んだサーシャ・スコリチェンコのように、捕まって刑務所送りになりたくないので、注意してやっています」

その半年後にはアーニャのアパートにも警察が押し入ることになる。そしてアーニャはカザフスタンに逃亡せざるをえなくなった。

「ドミートリーといいます」アーニャのパートナーで、背が高く中年の痩せた男性が自己紹介した。「神経外科医です。ゴリノフを支援するために来ました」

「クビになるのは怖くないんですか？」わたしは尋ねた。「国立の機関で働いているでしょう？」

「そんなことは何でもありません。わたしは奴隷ではなく、自由な人間です」ドミートリーは誇りをもって答えた。「わたしはクリミアの出身なんです。二〇一四年にロシアがクリミア半島を奪い取った時、その結末がどんな形になるか、わたしには見えていました」

短い白髪の初老の女性が近くにいた。刺繡の入ったベストを着て、『戦争反対』と書かれたキャンバス地のバッグを肩から下げていた。

「わたしはウクライナにルーツを持つモスクワっ子です」彼女はそう言った。

翌日、警官はこの女性を捕まえ、護送車に押し込もうとした。数十人の男女が彼女を守ろうと行動を起こし、武装警官の毒牙からこの勇気ある女性をもぎ取った。

わたしたちが外にいる間に、法廷ではゴリノフに対して不条理な判決が言い渡された。

「政治的憎悪を動機とし……その公的な地位を利用して、ゴリノフはロシア軍の活動に関する虚偽情報を意図的に流布した」

ゴリノフ被告は罪を認めなかった。ガラスの衝立の中で、「あなたにはまだこの戦争が必要なのか？」と書いた紙を掲げていた。

「懲役七年」裁判官が言った。ゴリノフの奥さんは法廷で泣き崩れた。


夜、わたしは憤懣やるかたなく、じっとしていられなかった。ロシアの何百万もの人びとと同様、わたしは新しい現実に啞然としていた。冷笑を浴びせるように、そして過酷に、権力は罪のない人間の七年分の人生を奪った。ゴリノフはもう若くはない。刑務所は彼の命を奪うことになるかもしれない。

これは虚偽情報に関する刑法改正条文によって刑期が言い渡された最初のケースだった。戦争でロシアの旗色が悪くなればなるほど、政治的弾圧はますます過酷になっていった。

続いて刑事訴追されたのは、以前から一貫してプーチンを批判してきた反体制派政治家イリヤ・ヤーシンだった。ヤーシンは戦争の初日から反戦活動を始め、ブチャ、イルペン、マリウポリでのロシア兵の蛮行をロシア国民に語った。たくさんの脅迫を受けながらも、ヤーシンはロシアから出国しなかった。自分の国の将来を真剣に憂いていたからだった。ヤーシンは最後の動画でこう語っていた。

「プーチンやその周囲がどんな言葉を使ってイチジクの葉のようにこの出来事を覆い隠そうとしようとも、特別作戦とか、非ナチ化、非軍事化などという言葉で呼ぼうとも……、最初の瞬間からこれが戦争であることは明らかだ。何百万もの人びとが生きながらえようとして自分の家を捨て、逃げだしている。血の海、涙の海だ。だが残念ながら、この戦争には終わりも果ても見えない」

ヤーシンに刑期が言い渡された時には、何十人もの支持者がバスマン裁判所に集まっていた。その中には多くの知り合いの顔があった。

「なぜあなたはヤーシンへの支持を表明しに来たんですか?」若い記者がわたしにきいた。

「ヤーシンはロシアでもっとも野心的で、若く、頭脳明晰な政治家です。ロシアの未来はヤーシンのような人にかかっています。だからわたしは彼を支持するためにここに来たんです。いまこそヤーシンにはわたしたちの支持が必要です。戦争は二一世紀のもっともおぞましい犯罪です。この戦争を始めた犯罪者たちは、ゆくゆくは国際刑事裁判所で被告として裁かれることになると確信しています。彼らがいまウクライナでおこなっていることは正気の沙汰ではありません。彼らは権力を自分の手中に握り続けたいだけなのです」

何日か前にゴリノフを支持するためにメシチャン裁判所に来ていたアーニャやドミートリーなどの知り合いもいた。

「なんでそんなにはっきりしゃべるの？　群衆の中には〈E〉の連中がいっぱいいるのに」アーニャは驚いて言った。

「〈E〉って誰のこと？」

「知らないの？　過激派対策センター、政治警察よ」

この時、人ごみの中から背の低い若者が急にあらわれた。記者だと名乗って煽るような質問を始めた。わたしは答えなかった。

「軍の信用を貶めたとして、あなたは行政訴追されたのをご存じですか？」探るような声で若者は言い、答えを待たずに人ごみに消えた。

どういうことだ。すぐに弁護士に電話した。

ザフヴァトフ弁護士は情報をチェックしてくれた。たしかに「ロシアの日」に向けたネットへの書き込みの件で、わたしは訴えられていた。その中でわたしはこう書いていた。「自分の国を誇りに思う理由がわたしには見当たらない。ロシア人であることは、今では屈辱的なレッテルとなってしまった。ロシアは夜陰に乗じて独立国を攻撃し、ウクライナ国民を根絶やしにしようとしている。ロシアは自国を発展させることをせず、他国の領土を奪いとっている」

バスマン裁判所では警察がヤーシン支持者の中で目立つ者たちを護送車に投げ込み、あっというまに連行していった。

「歩道を空けなさい」警官が拡声器で叫び、群衆を追い払おうとした。

「ヤーシンに自由を！　ヤーシンに自由を！」ヤーシンが裁判所から連れ出され、護送車に収容された時、群衆は叫んだ。

数ヵ月後、裁判所はイリヤ・ヤーシンに懲役八年六ヵ月の判決を下した。

---

1 プッシー・ライオット　反プーチンを掲げる女性らのパンクロックグループ。ゲリラ的なパフォーマンスで知られる。二〇一二年には、モスクワの救世主キリスト大聖堂で反政権の無許可ライブをおこない、懲役判決を受けたメンバーのために、欧米の著名アーティストらが支援を表明した。

2 〈CCCP〉と書かれた赤旗　対独勝利記念のソ連旗とみられる。CCCPはソビエト社会主義共和国連邦（ソ連）の略語。ロシア軍がウクライナでの占領地で対独勝利記念のソ連旗を掲げるケースもみられる。

3 ユーゴスラヴィア空爆　旧ユーゴスラヴィア連邦セルビア共和国のコソヴォ自治州独立を巡って、北大西洋条約機構（ＮＡＴＯ）軍が一九九九年にセルビアに空爆した問題。ロシアなどの強い反発を招いた。セルビアはスラブ系の正教徒が多数を占める。

20 拘束

「ベリー、ベリー、さあお散歩だよ」犬を呼んだ。

ベリーはうれしそうに尻尾を振りながら、子犬と一緒にこちらに駆けてきた。ショートパンツにスニーカーで、近くの森へ散歩に行くことにした。

居住区の出口で近所のアルトゥールと会った。

「よう、調子はどうだい?」自転車でこちらに近づいて話しかけた。

アルトゥールは中央アジア生まれだが、もう長くモスクワに住んでいた。わたしたちが知り合ったのは、生放送での抗議の後だった。友人や知り合いが背を向けた時、アルトゥールは支援を申し出てくれた。戦争の前まではニューヨーク証券取引所と商売をしていたが、経済制裁後、ビジネスは破綻した。アルトゥールはナヴァリヌイの支持者たちとも親しくしていた。メッセンジャーのアバターには「ロシアは自由になる!」と書かれていた。

「まあ順調です」わたしは答えた。

居住区の門を並んで出た。突然後ろに二人の警察官があらわれた。

「一緒に来ていただきましょう」一人が言い、警察の白いバンを指さした。

「どうしてですか？」わたしはいぶかし気に言った。

「すべてのご質問には後ほどお答えします」

警察車両から私服の男が出てきた。

「パスポートはお持ちですか？」わざと厳しい表情で彼はきいた。

黒い目出し帽を被った男は刺すような眼差しでわたしを見つめた。後でわかったが、これは〈E〉の捜査官で、常にわたしとわたしのSNSを監視している男だった。

「もちろん持っていません。犬の散歩にパスポートなんて持って出ないでしょう？パスポートを取りに行って、着替えて、犬を置いて戻ります」

「それはダメだ。あなたは逮捕されたのです」

「じゃあわたしがパスポートを取ってきましょうか？」アルトゥールが言った。

「そうしてください」

「アルトゥール、家は開いてるわ。母が庭の花に水をやっています。パスポートは廊下のクローゼットの白いバッグの中にあります。そこに電話番号のリストがあるから、一番上にあるクリスティーナに電話してください。クリスティーナは全部わかっています。それから弁護士と友人全員にも。それに犬も連れて帰ってもらえますか」

ベリーは別れを予感して悲しげに鳴きだした。知らない人と急に家に帰ることになるとは、ベリーには何が何だかわからなかっただろう。

「おうちにお帰り、ベリー。わたしもすぐ戻るからね」耳を撫でた。

ベリーと子犬はアルトゥールの後ろについて、いやいや家のほうに向かった。

「クルマに乗ってください。携帯を切ってテーブルに置いて」過激派対策センターの男が命令した。

言われた通りにした。警察官は二つ目の携帯には気づいていなかった。携帯はわたしのポケットにある。しばらくするとアルトゥールがパスポートを持ってきてくれた。

警察車両はキエフ街道に出てモスクワ中心部に向かって走った。捜査官はドライバーの横に座り、わたしは二人の警察官と一緒に車両の一番後ろに座った。二人はずっとわたしから目を離さなかった。

明るい色のブラインドにバッジが二つついていた。ひとつは殺害された政治家ボリス・ネムツォフの肖像。もうひとつのバッジには「戦争反対！」と書いてあった。

「面白いわね。あなたたちはわたしを反戦容疑で逮捕しておいて、自分たちのクルマには『戦争反対』のバッジをつけているんだから」わたしは皮肉っぽく言った。

「これは逮捕者から押収したものです」警察官は素っ気なく答えた。

わたしたちのクルマはもう二時間もモスクワの通りを走っていた。

「どこへ連れて行くの？　弁護士に電話してもいいかしら？」

「ダメです」目出し帽の男がきっぱりと言った。「なぜあなたはそんなに祖国を嫌っているんです？」

「わたしは祖国を愛しています。ただ、祖国の権力を犯罪者たちが握っているんです」わたしは切り返した。

「あなたこそ犯罪者です。あなたみたいな人は刑務所に入るべきだ。あなたたちはこの国を亡ぼそうとしている。ウクライナはNATOに加盟すべきではない。さもないと、NATOはロシアの国境まで来てしまう」

「もしNATOと戦っているというのなら、ロシアはもう負けています。これまで中立を維持してきたスウェーデンとフィンランドが、戦争のせいでNATOへの加盟申請を出したでしょう。もうすぐロシアはNATOとの間に長い国境線を持つことになるわ」

「どうやらあなたはCIAやNATOと通じているようだ」

「わたしはもうさんざん誹謗中傷されてきました。ただ自分の市民としての立場を表明しただけなのに。あなたたちはロシア国民に恐怖を植えつけたのよ。みんなはあなたたちを恐れ、奴隷のように黙っているんだわ。なぜあなたたちはマスクで顔を隠すの？　自分の仕事が恥ずかしいの？　あなたたちには、何の罪もないのに苦しめられた人たちに対する責任があるのよ」

捜査官の口からは、強烈な罵り言葉が出た。わたしが西側の諜報機関と通じていると非難することで、心理的圧迫を加えるつもりだ。

また神経性の咳の発作が始まった。窓のほうを向き、押し黙った。プーチン体制の忠実な守り手とこれ以上話したくなかった。クルマは小さな二階建ての警察署に着いた。わたしは建物の中に連行された。

「トイレに行きたいんだけど」わたしはそう言って、「女性用」の表示のあるドアのほうへ毅然として向かった。

警察官が一人、わたしの後についてきた。トイレの個室で二台目の携帯を取り出し、急いで弁護士にメッセージを送った。わたしのことをモスクワ中捜しているだろう。ドキドキして指がタッチスクリーンの上を滑り、うまく文字を拾えなかった。

「クラスノセロー警察署」そう書いて「送信」を押した。

しばらくしてザフヴァトフ弁護士が署に駆けつけた。

「今度は軍を誹謗中傷した行政法の条文で訴えられています。具体的には、ヤーシンの裁判の時、バスマン裁判所の前であなたが記者のインタビューに答えた内容が気に入らなかったんです」ザフヴァトフ弁護士が言った。

「憲法違反のあの条文で、二つ目の行政事件となるわけだ。わたしを黙らせたいのね」

そのまま解放されて、わたしは外へ出た。細かな雨が降っていた。

弁護士の携帯は記者たちからの電話で何度も中断された。

「何かコメントを出しますか？」ザフヴァトフが尋ねた。

「いいえ。身柄拘束は考えもしませんでした。本当のことを言うと、神経が張り詰めて、寒くて、とても疲れました。タクシーを呼んでください」

皆が寝静まった深夜に、わたしは帰宅した。

その数日後、裁判所はロシア軍の信用を毀損した罪で、二つの行政法違反の有罪判決をわたしに下した。五万ルーブルと四万ルーブルの罰金が科された。


夜、娘とキッチンにいた。娘の夏休みは終わりに近づいていた。今年は初めて海に行けなかった。夏の計画は戦争でことごとく台無しになった。しかしテレビのかつての同僚の大部分は、まるで何も起きていないかのようなふりをし続けていた。SNSを開くと、アラブ首長国連邦かモルジブで休暇を満喫する彼らのうれしそうな顔があらわれた。そのシニシズムに驚きながら、わたしはSNSからこの人たちを削除した。ノーマルな人間であれば、その生き方は戦争開始の「前」と「後」で別であるべきだと思った。

娘の声がわたしの考えをさえぎった。

「夕食はオーブンでピザを焼こうよ」

「いい考えね」わたしは冷蔵庫の中を覗いた。「トマトはある。ソーセージもある。

チーズもオリーブもあるわ」

ベリーが尻尾を振りながらテーブルに寄ってきてわたしの目をのぞき込んだ。わたしはソーセージを切ってベリーの口元に持っていった。ベリーはあっという間に飲み込んだ。

わたしはトマトを切り、娘がそれを生地に載せた。わたしたちの運命に降りかかった試練のあとで、ようやくわたしたちは一緒になったのだ。

この時、ロシア軍はヴィンニツァ（ヴィンヌィツァ）を空爆していた。一発の砲弾が町の中心に命中した。二〇人以上の民間人が死亡し、その中にはお日様のような四歳の女の子リーザがいた。ベビーカーに乗ったリーザの小さな体は砲弾でバラバラになり、リーザのママは片足をもぎ取られた。

夜、わたしはこの悲劇をニュースで読み、心が砕け散った……。

孤立無援と絶望の感情に捕らわれた。誰がこの小さな女の子をお母さんに返すことができるのか。誰が両親に、死んだ子供たちを返してやれるだろうか。

翌日、わたしは一人で抗議活動を決行することに決めた。

「行っちゃだめ。だめよ。逮捕されるわ」電話口でクリスティーナが叫んだ。

「子供が殺されてるのに、わたしは一人で抗議活動もできないの？」わたしも叫び返した。「沈黙は犯罪の共犯よ。ロシアでは一人での抗議活動は禁止されていないわ」

「わかってる。あなたを説得することは無理だってことは。わたしも一緒に行きます」

クリスティーナはこの時、モスクワに滞在していた。特別休暇を取って友達とサマラから来ていたのだ。クリスティーナが働いている物流会社は、経済制裁で倒産の瀬戸際だった。注文はほとんどなかった。

「モスクワにいるのなら、うちにくれば」わたしはそう言った。

一時間後、華奢な、中背のストレートな金髪の可愛らしい女の子が玄関にあらわれた。丸いメガネをかけていた。

わたしたちはスマホではなくリアルな空間で初めて会った。娘のアリーナは会った瞬間からクリスティーナに特別なシンパシーを感じたようだった。

翌日、クリスティーナとわたしは、監視カメラでの追跡から少しは逃れられるかもしれないと思い、タクシーを拾ってクレムリンに向かった。ソフィア河岸通りで、ウクライナで死んだ子供たちの写真が入ったパネルを広げた。何人かがパネルの文字をのぞき込んだ。

「プーチンは殺人者だ！　その兵士たちはファシストだ！　三五二人の子供が死んだ。あなたたちが戦争をやめるには、あと何人の子供が死ねばいいのか？」

わたしの足元には「血まみれ」の人形が置かれていた。家を出る前に、スプレーで赤いペンキを吹きかけたのだ。

一五分が過ぎた。ネムツォフ橋[1]を渡って警察官がこちらに走ってきた。

「逃げましょう。危険を冒すことはないわ」クリスティーナは動揺していた。携帯のアプリでタクシーを探す間、クリスティーナの両手は震えていた。
二、三分後、黄色いタクシーが停まった。クルマに飛び乗り、弁護士に電話をかけた。上ずった声で事情を説明した。
「すぐにうちにきてください！」ザフヴァトフ弁護士が叫んだ。

三〇分後、わたしたちはザフヴァトフの小さなアパートに飛び込んだ。

「あぶないあぶない！」ザフヴァトフは感に堪えぬ表情で言った。「うまく切り抜けましたね！　でもこのご時勢でこれはあまりに大胆だ」

この後、わたしたちは何時間かザフヴァトフと彼の家族と一緒に過ごした。真夜中近くなってザフヴァトフに言った。

「わたしとクリスティーナは家に帰ります。わたしに何かあれば、クリスティーナに電話してもらいます」

「わかりました。もう居住区のゲートの外には出ないでください」ザフヴァトフが警告した。


二日後、わたしは監視されているのに気づいた。居住区の外の空き地にグレーのラーダが停まっていて、中には二人の男がいた。

ザフヴァトフに電話した。

「怪しいグレーのクルマが門の外にいます。チェックできる？」

番号を伝えた。すぐザフヴァトフが折り返してきた。

「やはり、当局のクルマですね」

わたしは遮断機脇の鉄製の小さなボックスにいる警備員のところに行った。

「あの門の外の怪しいクルマ、何か知ってますか？」

「もう二日、ここにいますよ。見張りをしているんです。クルマはいつも代わってぃます。あなたを見張っているんですよ、マリーナさん」警備員は薄笑いを浮かべた。

「彼らのところに行って、尋ねてみたんです」

この時、ザフヴァトフ弁護士からまた電話が入った。

「笑える話をしましょうか？　わたしのある依頼人の母親が、監視されているというのに、その見張り役に食べ物を持って行ってやっていたそうです」

「ハハハ、わたしならその暇な奴らにゴキブリ殺虫剤入りのパンでも持っていきますけどね」わたしはジョークを返した。「明日、モスクワの中心部に行く用事があります。ドイツの記者と会う約束をしたんです」

「注意してください。何かあったらすぐに電話してください」

翌朝、タクシーを呼んで地下鉄の駅まで行った。タクシーが居住区の外へ出るや否や、ガレージから泥だらけのナンバープレートをつけた灰色のＳＵＶ車が飛び出してきて、タクシーの後ろにピタリとついた。タクシーが地下鉄の駅で停車すると、ＳＵＶ車も停まった。わたしは地下鉄に走った。ＳＵＶから飛び出してきた男もわたしの後を走った。

わたしは地下鉄の車両の端に空席を見つけ、座って本を読み始めた。隣に知らない男が座っているのを感じた。男は刺すような眼差しでわたしを見つめていた。

「男のことは考えるな」わたしは自分に言った。「こちらは何も悪いことをするわけじゃないのだから。やりたければ尾行でもなんでもさせておけばいい」

「次は『文化公園』」アナウンスが聞こえた。

わたしは車両から飛び出した。灰色の目立たない服を着た男が後ろをついてきた。乗り換えをしようと、足早にエスカレーターのほうへ向かった。振り返ると、見知らぬ男は二、三メートル後ろにいた。気が動転した。エスカレーターの直前で足を止めると、わたしは人ごみに逆らって、いま来た方向に歩いた。男は対応できず、人波に飲み込まれ、エスカレーターの上まで運び去られて行った。男は刺すような眼差しでじっとこちらを見ていた。

これ見よがしの尾行からは逃れたが、喜ぶにはまだ早かった。今度は監視カメラでわたしを追うのだろう。[2]ここ数年、モスクワでは顔認証システムが稼働していた。警察はこのシステムを使って、プーチンの古くからの政敵レオニード・ゴズマンを地下鉄で逮捕した。反体制派のゴズマンは最初、二重国籍の未申告で訴えられ、その後、

SNSの投稿が原因となって二件の行政事件で逮捕された。ゴズマンは三〇日間特別監房に入り、その後、ロシアを出国した。

地下鉄から出ると、わたしは河岸通りをネムツォフ橋まで歩いた。一人で抗議活動をやった場所だ。そこでドイツのカメラクルーが待っていた。インタビューを始めた。たちまち周りに警察官が集まった。

「あなたは尾行されていますね」ドイツの記者が言った。

「ええ、尾行させているんです。隠すことは何もありませんから。わたしに対して心理的抑圧をかけているんです」

警察官はわざとこちらに寄ってきて証明書を調べ始めた。記者たちのデータを書き写すと、彼らはこそこそと消えて行った。

1　ネムツォフ橋　正式名は「ボリショイ・モスクヴォレツキー橋」。モスクワ中心部の「赤の広場」と対岸を結ぶ。プーチン政権によるウクライナへの干渉を批判していた野党指導者ボリス・ネムツォフが二〇一五年二月にここで暗殺された。

2　監視カメラでわたしを追うのだろう　モスクワは二〇二〇年の新型コロナウイルス禍での外出制限の前後から、集合住宅や街路で監視カメラの設置が増加。警察は地下鉄の顔認証決済システムを利用して反体制派を拘束しているとされる。

21 監獄の夜
――二〇二二年八月一一日、ペトロフカ留置場、モスクワ

自宅の一階では、日の出前の静けさの中で、犬が大声で吠えだした。わたしはベッドから跳び起きた。

「ベリー、どうしたの?」

犬は吠え続けた。厚いカーテンを開けて窓の外をのぞいた。青い迷彩服の武装警察官が一〇人ほど塀のまわりにいた。何人かの私服の警察官が足早に家に近づいた。

「開けなさい」大声が響いた。そしてドアを叩く音がした。

鳥肌が立った。強い咳の波が胸を圧迫した。ベリーは吠え続け、ときどき威嚇するようなうなり声に変わった。ドアを叩く音がますます強く、しつこくなった。

ズボンをはきTシャツを着ると階段を駆け下りた。隣の部屋からは眠たそうなクリスティーナが顔を出した。寝起きの髪はバラバラで額には黒いヘッドバンドを巻いていた。クリスティーナの休暇は終わろうとしていた。三日後にはサマラに帰らなければならなかった。

「すぐ弁護士に電話して」わたしはクリスティーナに言った。「どうすればいいか聞いて。押し入ってきたらアリーナがビックリするんじゃないかと心配なの」

娘は自分の部屋で寝ていて、大きな音は聞こえていないはずだった。

拳でドアをバンバン叩く音が続いた。

「開けろ！　早く……、捜索令状がある」

「弁護士に電話をしたいんですが」わたしは叫んだ。

「早く開けないとカギをカッターで切るぞ」ぶっきら棒な男の声が答えた。

ドアの穴からのぞくと、玄関先には非常事態省[1]の制服の男がいた。手には電動カッターを持っていた。

急いでドアを開けた。一〇人ほどの捜査員が家の中に飛び込んできた。その中にはわたしを見張っていた過激派対策センターの男がいた。彼はいつも通り、顔を黒い目出し帽で隠していた。

「お願いだから娘を驚かさないで。まだ寝てるんだから」

「ロシア連邦刑法第二〇七条三項、ロシア軍に関する虚偽の情報を意図的に流布した容疑で家宅捜索をおこないます」灰色の背広を着た若い男が言った。「わたしは取調委員会特別重大事件の捜査官です。さあ、始めるぞ」

最後の命令は二人の私服の男に向かって言ったものだった。彼らは猟犬のように戸棚の中身を調べ始めた。

「弁護士を待ってもらえませんか。一時間以内には来ます」クリスティーナが二階から下りてきて言った。

「その必要はありません」捜査官が答えた。

「何を探しているんですか。お手伝いできることがあれば」咳を我慢しながら、わたしはきいた。

「あなたの電子機器類はすべて必要です」捜査官が答えた。

「はい、携帯電話です」わたしは自分から携帯を渡した。

「これは誰のアイフォンですか?」捜査官はベッド脇のテーブルに置いてある二台目の携帯を見て言った。

わたしは視線をそらした。クリスティーナが助けに入り、前に出て言った。

「わたしのです」

「パスワードを入れてみてください」捜査官はクリスティーナの言うことを信じていないようだった。

クリスティーナは手早くパスワードを入れた。彼女は本人でさえ時折忘れてしまうわたしの携帯やSNSのパスワードを全部覚えていた。

「よし」マスクの男がなおも疑うように言い、クリスティーナに携帯を返した。「持っていけ」

わたしたちは気づかれないように微笑みを交わした。クリスティーナがわたしの携帯を守ってくれたのは奇跡だった。警察の手に渡った機器類は二度と返却されないことを、わたしたちはよく知っていた。取り戻すのは不可能だった。

搜索は一時間を超えた。そっと娘の部屋に入ると、アリーナはベッドに腰かけて泣いていた。

「なんで泣いているの？　いま家宅捜索がおこなわれているけど、怖がらなくていいのよ。あなたの部屋には入ってこないから」

「怖くなんかないわ。お兄ちゃんが電話してきたの。わたしをここからパパのところへ連れて行くって言ったのよ。パパのところへは行きたくない」泣きながらアリーナは小さい声で言った。「ママ、わたし、ここにいたい。ママとクリスティーナと」

「泣かないで。大丈夫だから」娘を慰めながらそう言った。

一時間後、息子が玄関に姿をあらわした。

「何があったの？」

「家宅捜索よ。インターネットで全部知っているんでしょ。だからパパがあなたをここへ来させたんでしょう」

「アリーナ、僕と一緒に行こう」キリルはアリーナに厳しい声で言った。「ここは子供のいるところじゃないよ」

「行きたくない」娘が泣いた。

キリルは妹の腕を取ると、ドアのほうに連れて行った。わたしは辛い気持ちで二人の後ろ姿を見ていた。戦争はウクライナだけではなく、ロシアでも何百万もの家庭を壊してしまった。近しかった人たちが、何ヵ月も口を利かない間柄になってしまった。

「キリル、大丈夫よ」息子と話そうとした。それに相応しい時だとは思わなかったけれど。「もう警察は帰るわ。そうしたらすべては元の通りになる。あなたもアリーナと一緒にここにいれば」

「いやだ。もう何も元の通りになんかならないよ」キリルは怒ったように言うと、アリーナを連れてドアの外に出ていった。

家宅捜索は六時間を超えた。屋根裏部屋の入口を警察官が見つけた。わたしは、あるのは引っ越してきたあとに押し込んでおいた古いガラクタばかりだと言ったが、彼らは屋根裏部屋に這って入った。

旧式のコンピューターを探し出すと、警察官たちは下へおろした。押収した機器類のリストを作ると、捜査官はわたしにクルマに乗るように命じた。

「取調委員会に行きましょう」

「わたしも一緒にいいですか?」おずおずとクリスティーナがきいた。

捜査官が首を縦に振った。

わたしたちは警察車両の後部に乗った。捜査機関の係官がわたしたちの後について、警察車両に飛び乗った。

「携帯を貸して」クルマがレーニンスキー大通りに入った時、クリスティーナに小声で言った。クリスティーナはそっと押収を逃れたアイフォンをわたしに渡した。わたしは気づかれないように自分のテレグラム・チャンネルを開け、家宅捜索と逮捕についての短いメッセージを書いた。

「素早いですね」携帯から目をそらして黒い目出し帽の過激派対策センターの捜査員が言った。男は常にわたしのSNSをモニターしていたのだ。そしてクリスティーナをわたしと一緒にクルマに乗せたのは間違いだったことを悟った。

「クルマを降りろ」過激派対策センターの男がクリスティーナに命令した。

彼女は従わざるをえなかった。

警察車両は取調委員会の敷地に入った。弁護士がわたしを待っていた。捜査官、過激派対策センターの男、二人の護衛とともにわたしたちは五階に上がった。

「質問に答えたくない時は、憲法第五一条を引き合いに出せばいい」ザフヴァトフ弁護士がアドバイスをくれた。

「わかってます。でもソフィア河岸通りで抗議活動をした事実は否定しません」

「わかりますか」わたしは捜査官に話した。「わたしは死んだウクライナの子供の写真をパネルに貼る時、涙が止まりませんでした。戦争が始まってすぐ、たまたまCNNで見たセルゲイという人のインタビューは一生忘れません。セルゲイはCNNのキャスター、エリン・バーネットに、イルペンで、妻も二人の子供もみんな失くしたと言っていました。キャスターは泣いていました。わたしも見ていて嗚咽しました。セルゲイの息子と娘はちょうどわたしの子供たちと同じ年頃でした。あなたには子供がいますか？　もし自分がセルゲイの立場だったらって想像できますか？」

捜査官は目を伏せた。取調室を重苦しい沈黙が支配した。部屋の隅に座る過激派対策センターのシニカルな係官も二人の警官も黙っていた。

訊問の後、護衛官がわたしを取調委員会の中庭に連れていった。囚人護送車が来た。手錠をはめられた。

「あなたの連行先はペトロフカの留置所です」ザフヴァトフ弁護士が駆けつけて出発間際に叫んだ。

囚人護送車のドアがわたしの後ろで大きな音を立てて閉まった。狭苦しい檻の中で、わたしは一人だった。腰掛に座り、小さな格子窓から差してくる昼の光の帯を見つめた。三〇分後に囚人護送車は留置所の前で停まった。

夜勤の若い女性看守がクルマのほうに来た。驚いたように新入りの囚人であるわたしを見た。わたしの白いパンツスーツはどう見ても獄舎の寝台には不釣り合いだった。

「規則からの逸脱は認められません。ここには決められた手順があるんです」

弁解するように早口で女性看守は説明した。それからわたしを鉄格子の中へ入れ、カギをかけた。

わたしの手錠を外すと、彼女は大きな声で言った。「装飾品はイヤリングも指輪も全部外す。服を脱ぐ。身体検査をする」

わたしを屈辱的な手順に従わせた後で、女性看守はバッグの中の持ち物検査を始めた。

「これはダメ。これもダメ」バッグの中にあった化粧品を横に置いた。

バッグをひっくり返すと、看守は命令した。

「外へ。右向け右。顔を壁へ。左向け左。階段を上がれ。とまれ。顔を壁へ！」

重たい鉄の扉が軋《きし》む音を立てて開いた。わたしはどこだかわからない場所へ歩み入った。房には誰もいなかった。小便のツンとする臭いが鼻をついた。部屋の隅の低い衝立の向こう側に便器があり、その横に小さい洗面台があった。壁は深緑色に塗られていて、ところどころ剥げ落ちていた。

薄っぺらい灰色のマットレスを広げ、横になった。天井から監視カメラの黒い目がこちらを見ていた。扉の外で重たい足音が聞こえ、女性看守がドアの小さな観察窓を開け、ドロンとした眼差しでわたしをじっと見た。わたしは不安になり、壁のほうへ寝返りを打って目を閉じ、眠りにつこうとした。記憶の中に遠い若い頃の恐ろしい光景がよみがえった。二〇〇一年、わたしは、連続殺人犯にインタビューするためにロシア南部の港町・ノヴォロシースクの刑務所を訪ねた若い記者だった。

「ああ、おれが殺したんだよ。自分が人間なのか、体の震えが止まらないただの木偶《でく》の坊なのか確かめたかったんだ」歯の無い口を開けて、灰色の作業服を着た殺人犯がマイク越しに陰気につぶやいた。

一九九〇年代末、男は徒党を組んで人を殺し、クルマを盗んでいた。彼が手を下した犠牲者は少なくとも七人で、終身刑が言い渡された。

男は刑務所でも改悛せず、逆に、血の凍るような自分の哲学を周囲に押し付けようとしていた。

「人間の命なんて屑だよ。何の価値もない」注目されていることを楽しむように殺人犯はそう言った。

わたしは目を皿のようにして、彼の一人語りに耳を傾けていた。殺人犯とわたしの間を隔てるのは太い鉄格子だけだった。ある瞬間に自制心を失った殺人犯は急に鉄格子に飛びついたり、マイクをひっつかんで自分のほうに引っ張ったりした。恐怖にかられ、わたしは後ずさりした。二人の刑務官が殺人犯に飛び掛かり、手錠をかけた。

「インタビューは終わりだ。退出！」刑務所長が命じた。

わたしは強い咳の発作で目が覚めた。全身、まとわりつくような汗をかいていた。

わたしは茫然と天井の薄暗い電灯を見つめ、殺人や強姦、強盗の犯罪者が入れられていたのと同じ監獄に、二〇年後に今度は自分が入ることになった理由を探ろうとした。どういうわけでわたしはここにたどり着いたのだろう。

なぜ自分の国を良くしようと思い、犯罪的な体制に反対した何十人もの政治家やジャーナリストが、監獄のなかで苦しんだり、国を追われなければならないのだろう。なぜ、ウクライナの人びとを抹殺しようとしている本当の犯罪者、殺人者、強姦者、略奪者は、これまで通り、外の世界を自由に歩きまわっているのだろう。自分に問うてみたが、答えは見つからなかった。ロシアはこの時、絶対的な悪が勝ち誇る国になっていた。

明るい光が目を射た。外はまだ暗かったが、獄舎にはもう照明がついていた。「起床。ベッドを畳め！」ドアの外で女性看守の命令が響いた。六時起床、と言われたことを思い出し、ゆっくりとベッドから起き上がった。頭がガンガンした。「外へ出ろ」再び当番についた女性看守が、顔を歪めて大声で命じた。「所持品をもって出ろ。両手は前」女性看守は命令し、わたしに手錠をかけた。「右向け右。顔は壁。廊下へ出ろ」

彼女はわたしを隣の房へ押し込んだ。わたしは驚いて周りを見回した。タバコの煙が厚いカーテンのように立ち込める中、病的に太った女性がいた。

「よう。ガーリャって言うんだ。ノヴォロシースクの出だよ」

女性は五〇歳くらいだった。安いヘアカラーで染めた髪を後ろでまとめていた。両腕は色とりどりのタトゥーでいっぱいだった。

「二日前にモスクワに来たばかりなんだ。それが、ポリ公の野郎、すぐこんなところにぶち込みやがった。一六年勤め上げたんだよ……。男を二人、殺《や》っちまってさ。ふざけた野郎さ。あいつらの自業自得だよ。嘴《くちばし》を突っ込まなきゃいいのによ」

「今度はなんでここへ?」おずおずとわたしはきいた。

「ノヴォロシースクで男をもう一人、ナイフで刺したんだよ。それでモスクワに逃げてきたんだ。ここなら身を隠せると思ってさ」

「モスクワは顔認証システムがいちばん発達した街です。監視カメラだらけだから、ネズミ一匹逃げられませんよ」

「そんなことは知らなかったよ」彼女は苦々しく手を振った。

ガーリャは神経質そうにタバコをふかし、悪態をついた。わたしは咳が出続け、息が止まりそうになりながら、意識を失うまいとした。とにかく新鮮な空気が吸いたかった。

「あんたは何なんだい? 不慣れな感じだね? 拘置所に送られてみなよ、四〇人は一緒だぜ。しかもだいたいみんなタバコを吸うね。あんたはなんで引っ張られたんだい?」ガーリャが尋ねた。

「戦争に反対したんです。子供を殺すなって言って」

「とんでもないことが起きてるよな」ガーリャはまた罵り言葉を発した。「戦争には反対だよ。あいつらはだいたい頭がおかしくなった野郎ばかりだよ。それでぶち込まれるとはね。どうしちまったんだろう？　子供は、そりゃあ神聖なもんだ。自分の子供のためだったら、どんな奴でもぶっ殺してやるよ」

この時、扉が開いた。女性看守が若い華奢な女性を房に押し込んだ。見た目は二五歳前後だ。恐れおののく小鹿のように、女性は黙ってベッドに座り、問いかけにも答えないで静かに泣いていた。ショックを受けていることがわかった。慰めようとすると、彼女はもっと激しく泣き出した。

昼食の時間に近かった。

「オフシャンニコワ、服を着て、出ろ」扉の外から女性看守の投げやりな低い声が響いた。「バスマン裁判所へ出頭だ」

裁判所の名前を聞くと、公正な判決へのあらゆる希望が煙のように吹き飛んだ。バスマン裁判所はユコスの元オーナー、ホドルコフスキーの裁判の時からロシアでは政治弾圧の象徴になっていた。政治的野心のためにホドルコフスキーは懲役九年の刑を宣告され、塀の向こう側に追いやられた。ユコス事件の後、ロシアでは「バスマン裁判」という言葉が生まれた。権力の注文通りに不正な判決を下す、「御用裁判」のことだ。

女性看守はもう一度わたしを鉄の檻に入れ、身体検査を始めた。書類の束の中に看守は偶然「殺された子供たちが夜ごとにあなたたちの夢にあらわれますように」と書かれた紙を見つけた。この紙をつかむと丸めてゴミ箱に投げ捨てた。

揺れる囚人護送車のなかで、わたしは、バラバラになったヴィンニツァの四歳の女の子リーザのことを思い出した。

護送車はバスマン裁判所の前で停まった。モスクワの中心にある小さな古い二階建ての建物だった。二人の護送官がわたしを裏口から地下に連行した。地下には小さな部屋、というより二メートル四方の窓のないコンクリートの檻があった。

「いま、身体検査係が来る」護送官が言った。

「何回身体検査をしたら気が済むの？　バカにしてるの？」わたしは怒りに燃えていた。

護送官は大きな音を立てて扉を閉めた。ポケットから二枚の白い畳んだ紙を引っ張り出した。「殺された子供たちが夜ごとにあなたたちの夢にあらわれますように」と書かれた紙だ。この紙をどこへ隠そうか、必死に考えた。一枚は上着の袖に差し込んだ。もう一枚は小さく畳んでサンダルの内側の踵《かかと》のところに置いた。身体検査はいつ始まってもおかしくない。廊下から届く音の一つ一つに聞き耳を立てた。

この時、重たい扉が開き、部屋の入口に金属探知機を持った女性があらわれた。彼女の姿を見ると、また神経性の咳の発作が始まった。女性はわたしの前で金属探知機を振り回した。紙は幸い反応しなかった。禁制品が見つからなかったので、女性刑務官は出て行った。

重たく息をしながら、わたしは鉄のベンチに座り、落ち着こうとした。一時間、二時間、三時間が過ぎた。この小さな部屋には次々と新たな被告たちが連行されてきた。ほとんど全員の女性が経済犯罪だった。時間が来ると彼女たちはまた連れていかれた。わたしはずっと座り通しだった……。夕方になってようやく、ドアが開き、黒いマスクをした、体の大きな四人の護送官があらわれた。

「外に出ろ」その中の一人が命じた。「二階に上がれ」

手錠をされたまま、わたしは大勢の記者たちの中を歩かされた。カメラのフラッシュがたかれた。この時考えたのは、わたしの子供たちもこの映像を目にするな、ショックは大きいだろうな、ということだった。子供たちに、ママは他の何十人ものロシアの政治犯と同じように、犯罪者ではないのだといつか説明することができるだろうか。

護送官はわたしをガラスの檻に座らせた。これまでこういう檻は映画の中でしか見たことがなかった。

分厚いガラス越しに弁護士が微笑みながら言った。「万事順調。検察官はあなたを自宅軟禁に処すよう訴えています。わたしは、てっきり拘置所行きとばかり思っていましたよ」

「よかった！」わたしはホッとした。

留置所で過ごした一夜の後、わたしは、拘置所なんかではとても生きられず、身も心も挫けるか、抑鬱状態に陥るだろうと考えていた。

アレクセイ・ナヴァリヌイやイリヤ・ヤーシンを裁いた裁判官ナターリヤ・ドゥダリは保全処分に関する法廷審理を非公開とした。

「何を恐れているのですか？」わたしは叫んだ。「裁判をできるだけ公開にすることが必要です。ソ連時代だって、反ソ・プロパガンダや、ソ連体制を中傷する意図的な虚偽情報の流布の事件は公開で審理されたじゃないですか」

裁判官にはそんな論理は通用しなかった。裁判官はただクレムリンの命令を実行しているだけだった。フェイクに関する改正条文の裁判はすべて非公開でおこなうべし、という決定が上から降りてきたのだ。

事前登録した記者たちが審理の前に数分だけ入廷を許された。テレビカメラの前でわたしは「殺された子供たちが夜ごとにあなたたちの夢にあらわれますように」と書かれた紙をサッと広げた。巨大なゴリラのような護送官がガラスの檻に飛びつき、記者から紙が見えないように、両手と体全体を使って遮ろうとした。

「記者を追い出せ。さあ出ろ」護送官の一人が大声で言った。

カメラのフラッシュが光った。四人の護送官がカメラを持った記者を法廷から追い出した。記者の後ろで扉が閉まると、護送官はわたしの檻のところに来て、紙をひったくって行った。

次の記者グループが入ってきた。その中に、わたしの知っているAFPのカメラマンがいた。彼のビデオカメラの前に、わたしは同じ言葉の書いてある二枚目の紙を急いで広げた。また同じ場面が繰り返された。護送官はただちにフランス人カメラマンをドアの外に押し出した。

「あなたの警護は殺人鬼チカチロ[2]の時より厳重だね」弁護士が言った。

「それはそうよ。現代ロシアでは、一枚の紙はピストルより危険になったのよ」わたしはガラスの檻の中から大声で言った。

記者はもう法廷には入れてもらえなかった。裁判官はあわただしく起訴状の朗読を始めた。調書は、わたしが政治的憎悪と敵意を動機として、意図的にロシア軍に関する虚偽の情報を流布させた、とみなしていた。検察官によれば、特別軍事作戦においてロシア国防省は高精度な攻撃を加えており、子供の犠牲は伝えられていないことから、ウクライナで殺害されたとする三五二人という子供の数は、現実とは合致していない、ということだった。裁判官がわたしに陳述の機会を与えた。

「尊敬する裁判官殿、戦争における子供の犠牲がはたしてフェイクでしょうか。国連の統計を見てみましょう。国連のサイトはアクセスできます。ロシアでもブロックされておらず、閲覧可能です。そこにすべて書かれています。すべてのケースが犯罪の現場で作業した国際的な専門家や、ウクライナ検事総局によって記録されています。裁判の過程で、わたしはウクライナの子供たちの死について証拠となるビデオを提出するつもりです。子供の両親たちのインタビューの録画も。わたしを自宅軟禁にする必要はありません。わたしは無罪だからです」

しかし裁判官は揺るがなかった。夜遅く、連邦刑執行庁[3]のクルマがわたしを迎えに来た。二ヵ月間、わたしは電話もインターネットも使えない自宅軟禁に置かれることになった。

1 非常事態省　消防や自然災害の救命・救助などを所管する。国防省、諜報機関、内務省とともに「シロヴィキ」と呼ばれる武力・治安省庁の一つ。
2 チカチロ　ソ連時代に五〇人以上を殺害した人物。
3 連邦刑執行庁　ロシア法務省が管轄する政府機関で、刑務所の運営や受刑者らの管理をおこなう。

22　家族のドラマ

　時計は真夜中を指していた。取調委員会の係官は熱心に何か報告書に書き込んでいた。連邦刑執行庁の査察官はわたしの家の中を歩き回り、一部屋ごとに、嵩張る昔の電話機のような基地局を設置した。この機械には、連邦刑執行庁とつながる緊急ボタンがついているだけだった。

　査察官はわたしの片足に、足首装着用の電子発信機を取り付けた。

「これはどういう仕組みで機能するんですか？」

「この発信機は常に基地局に信号を送っています」査察官が説明した。「つまり、もしあなたが家から出たら、われわれはそれを即座に知ることができるのです。そうなるとあなたの保全処分はもっと厳しいものになりますね」

　玄関に突然、クリスティーナがあらわれた。わたしはたまらなくうれしくなった。サマラに帰ったクリスティーナがこんなに早く会社を辞め、戻ってきてくれたことが信じられなかった。

「食事のデリバリーの仕事でもしようかしら」クリスティーナは、食料品の入った重たい袋を二つ床におろしながら微笑み、冗談半分に言った。

「バスマン裁判所の決定には、オフシャンニコワさんは弁護士と近親者とのみコミュニケーションが許される、と書かれています」抑揚のない声で取調委員会の係官が言った。「あなたは親類ですか?」

「いいえ。親友です」普段と変わらない様子で、クリスティーナが微笑みながら答えた。「マリーナには、世話をしてくれる親類はいません。お母さんは、マリーナが早く刑務所に入ればいいと思っています。マリーナはプーチンに反対していますからね。もう大人の息子さんは家を出て行きました。わたしの他、誰も助ける人がいないんです」

「本当です」わたしは言った。「クリスティーナの助けがないと、自宅軟禁のまま、わたしは飢えて死んでしまいます。拘置所だって食事は出るじゃないですか」

係官は考え込んでいた。夜遅いし、疲れて家に帰りたがっているようだった。この状況をどう処理したものか、困惑していた。係官は、後で考える、というように片手を振ると、クルマに乗り帰って行った。

数日後、わたしは取調委員会の訊問に呼ばれた。連邦刑執行庁のクルマが迎えに来た。わずかな間でも閉じ込められていた家から出ることができたので、道の両側を眺めるのは楽しかった。

「わたしみたいな監視対象はたくさんいるんですか？」

「あの政治的条文が適用されたのはあなたが初めてです」連邦刑執行庁の査察官が言った。「普通、自宅軟禁になるのは詐欺や麻薬中毒です。ほら、ここのアパートには」と査察官はグレーのアパートを指差した。「自動車泥棒のグループを組織した男がいました。こっちには」と査察官は隣の五階建てのアパートのほうに手を振った。「家庭のいざこざで夫をナイフで刺した女がいました」

わたしと話をしていた査察官は、眼をそらすと、わたしの記憶にずっと突き刺さる言葉を静かに発した。

「なにしろ、心配することはありません、マリーナさん。わたしたちは皆、あなたに好感をもっていますし、支持しています」

あまりに意外なことだったので、わたしは狼狽し、言葉を発することもできなかった。しかし、政治体制が完全に腐りきっているとわかっている人たちが、なぜその犯罪的な命令に従い実行し続けるのだろう？　連邦刑執行庁の査察官はどうやらまっとうな人のようだ。良心の呵責《かしゃく》に苦しんでいる。少なくとも、わたしの逮捕が違法であることをわかっている。権力の意向でわたしに自宅軟禁を言い渡したあの裁判官も、同じような思いを感じているのだろうか？　わたしの刑事事件をでっち上げた捜査官はどうなのだろう？　クレムリンのために働き、わたしのバッシングに加わった前の夫はどうなのだろう？

　夏は終わりに近づいていた。逮捕から三週間が過ぎ、この間、わたしは娘と会えなかった。バスマン裁判所の決定によって、わたしは家から一歩も出られなかったし、娘は父親の命令でアパートから出られなかった。

「おまえの家はいまじゃ牢獄だよ！　ママとはもう会わせない」わたしが電子発信機を装着された後、父親である前の夫はアリーナに言った。彼は娘を自宅アパートに閉じ込め、母親であるわたしと連絡を取ることを禁じた。

　毎日、貴重な時間を失っていると考えると苦しかった。たぶん、もうすぐわたしは拘置所へ送られる。そうなれば娘と会える機会は本当になくなってしまう。最低五年か、もし権力が見せしめ裁判をする気なら、それ以上を獄中で過ごすだろう。出所する頃には、アリーナはもう大人になって、高校も終え、大学入学の準備をしているだろう。時間は流れて行く。行動しなければならなかった。しかしわたしは無力で、気力も萎《な》えていた。わたしはこうしたつらい思いから抜け出そうとしたが、涙がこみあげてくるのは抑えられなかった。

「悩むことはありません。大丈夫」クリスティーナが元気づけてくれた。「絶対に何とかします。アリーナのお父さんは、わたしと連絡することも禁止しました。アリーナはわたしにこっそり、とても寂しい、家に帰りたいとメッセージを送ってきました」

　わたしも寂しかった。自宅軟禁の日々は耐えがたいほど緩慢に流れて行った。夏休みは終わろうとしていた。あと少しで学校が始まる。それなのにわたしは、四方を壁に囲まれ、ポツンと一人だった。

　突然ドアをそっと叩く音がした。驚いて一瞬たじろいだが、耳を澄ませた。

「ママ、わたし」娘の声が聞こえた。

　急いでドアを開けた。恐怖に震えながらアリーナがわたしに抱きついた。アリーナの膝は震えていた。そして両手も。

「パパが仕事に出て、お兄ちゃんが買い物に出た隙に、アプリを開いてタクシーを呼んだの」アリーナはあまりに興奮していて、すべてをいっぺんに話そうとした。「タクシーに乗ってる間に、パパは一〇〇回も電話してきたの。大声で怒鳴りちらしたり、すぐ帰れと送信してきたり」

「大丈夫。もうママと一緒よ」わたしは娘を安心させると同時に、彼女の大胆さに驚いた。

　アリーナは震えたままだった。わたしが抱きしめ、言葉をかけてもまだ足りなかったのだ。救急箱から鎮静剤を取り出してコップに水を注いだ。

「飲むといいわ。落ち着かなきゃ」

「わたしは自由な人間なの。わたしの家は牢獄じゃない。それに子供は一〇歳になれば、誰と暮らすか、自分で決めることができるはずよ」少し自分を取り戻してアリーナが言った。

「普通なら誰と暮らすかは子供が決められるけど」クリスティーナが話に加わった。「あなたはお母さんが四方八方から政治的な理由で圧力をかけられていることは知ってるでしょ？」

ドアのカギを全部かけ、わたしたちはキッチンに座って幸福をかみしめ、そして笑った。一番恐ろしい試練は過去のものとなったように感じていた。


しかしそれは大きな間違いだった。怪物は思いもよらぬ速さでわたしたちの生活を貪り食っていた。夜になって、アリーナが突然、地元の学校から除籍され、彼女の在学証明書類が謎のように消えたことがわかった。

警察は奇妙な命令を出し、モスクワの反対側にある父親の家に近い別の学校へアリーナを通わせようとしていた。

「別の学校へは行きたくない」娘は泣いた。「パパがまたわたしを捕まえて、携帯も取り上げてアパートに閉じ込めるんじゃないかと怖いの」

わたしは弁護士とともにアリーナを小学生時代から通っている元の学校に復学させようとしたが、その都度拒否された。ザフヴァトフ弁護士は教育局と検察に何度も不服申し立てをおこなったが、無駄だった。

「わからない」わたしはザフヴァトフ弁護士に言った。「なんで前の夫は自分の子供をいじめるんでしょう？　どんな問題だって話し合いで解決できるのに、あの人は身を隠したまま話をしようともしない。何年かしてプーチン体制が崩壊して、個人崇拝の仮面が剝がれた時、大人になった娘は父親のところに行ってきくでしょうね。『パパ、なんでわたしやママのことをいじめたの？　なんでわたしが外国へ出ることを禁止したの？　なんでママと話そうとしなかったの？　ママが勇気をもって戦争に反対していた時、パパは戦争を煽っていたわ……』って。これは彼にとって一番恐ろしい審判でしょうね。大人になった娘との対話は」

「あなたの身に起きていることは、まったく無茶苦茶なことです」ザフヴァトフ弁護士はわたしと同じように憤慨していた。「こんなことは弁護士人生で経験したことがありません。居住区の警備員はわたしがあなたの家にクルマで乗り付けることを禁止したんですよ。入口にクルマを停めて歩くしかありませんでした」

「禁止したってどういうこと？　だって管理費を払っているし、その一部は警備員の給料になってるわ」わたしはいぶかしく思って聞いた。

問題は雪だるまのように膨れていった。ザフヴァトフ弁護士は不服申し立てと訴えをさまざまな機関に出し続け、クリスティーナも娘を元の学校に復学させようとしてくれた。しかし、その甲斐もなく、毎日拒絶の返事を受け取っていた。そのうちに、当局はクリスティーナにも照準を合わせた。

「どうしたらいいんでしょう」クリスティーナがザフヴァトフ弁護士に電話した。「たったいま係官からわたし宛に電話があって、取調委員会の訊問に呼び出されたんです」

「すぐ診断書を取りなさい。ちょうど、風邪をひいたと言ってたじゃないですか」弁護士がアドバイスした。「たぶんあなたをマリーナの共犯か犯罪の証人に仕立てようと判断したんでしょう。おそらく監視カメラの録画を見て、あなたがクレムリンのところで抗議行動を携帯で撮影していたのを見つけたんだと思います。こうやって彼らはオフシャンニコワに圧力をかけ、あらゆる支援を奪おうとしているんです」

クリスティーナは労働不能証明をもらいに医者のところに飛んでいった。この時わたしの家に、連邦刑執行庁の女性地区署長がチェックにやってきた。

ドアを開けた。背の高い金髪の女性が、悪意と憎悪に顔を歪めて立っていた。彼女がいるところでは、査察官はわたしと気の置けない会話はもう交わさず、マニュアル通りの行動をとった。

彼ら二人はわたしをモスクワ市裁判所へ連れて行くと言った。わたしの逮捕は違法だとする弁護士の申し立てを審理する裁判所だった。裁判所への道すがら、わたしはジョージ・オーウェルの『一九八四年』を再読していた。だから道筋を追っていなかった。「ここはモスクワ市裁判所？」わたしは驚いて目を上げた。

「いいえ、シチェルバ裁判所です」女性地区署長が言った。

冷水を浴びせられたようだった。フェイクに関する条文のあらゆる審理は非公開でおこなわれるうえに、記者たちから隔離するために、モスクワの中心部ではなく郊外にわたしを連れてきたのだ。

裁判所に入った。不気味なZの文字の入った防弾チョッキをつけた国家親衛隊[1]の兵士たちがわたしのバッグを入念にチェックした。警備体制が強化されていた。プーチンが部分的動員令[2]を布告したばかりで、当局は大規模な暴動を懸念しているのだ。

モスクワ市裁判所の裁判官はリモートでの審理を始めた。わたしはガランとしたホールに一人だけで、手には「動員反対！」と書いた白い紙を持っていた。検察官の言葉が聞こえてきた。またしても検察官は、ウクライナの子供の死は、ロシア国防省が発表していないのだからフェイクだと主張した。わたしが無罪だとする弁護士の理由は完全に無視されていた。

裁判官は自宅軟禁の保全処分の継続を決定した。記者たちは裁判のビデオ配信を要求したが、なぜかビデオは消えてしまった。

裁判の後、ザフヴァトフ弁護士がわたしの家に来た。

「もし刑務所で朽ち果てたくなかったら、助かる最後のチャンスがあります」ザフヴァトフが言った。「あなたは貴重な時間を浪費しています」

ザフヴァトフが何を言おうとしているのかはよくわかっていた。ロシアから逃げるしかないのだ。また神経性の咳の発作が始まった。

　わたしが次にバスマン裁判所に出頭する一〇月一〇日までに、残された時間はだんだん少なくなっていった。わたしは大至急、自分の命を救わなければならなかった。でも娘を置いていくことはできなかった。しかもアリーナには外国旅行用パスポートがなかった。万事休すだった……。

1 国家親衛隊　二〇一六年の大統領令に基づき誕生した治安機関。プーチンのボディガードを務めたヴィクトル・ゾロトフが隊長。
2 部分的動員令　プーチンは二〇二二年九月、ウクライナ侵攻を継続させるために予備役を招集する部分的動員令を布告。約三〇万人の成人男性らが徴兵された。本来は対象外である病人らに招集令状が届くなどして社会が混乱した。招集されるのを恐れ、多数の男性が外国に逃亡した。

23
脱出

思いがけないところから救いの手が差し伸べられた。

「〈国境なき記者団〉がヨーロッパで動いているようです」クリスティーナがわたしに言った。「あなたの元の同僚のジャンナ・アガラコワがコンタクトをとってくれています」

「すばらしいわ」わたしは天井まで跳び上がらんばかりに喜んで叫んだ。これが本当なのか信じがたかった。

「ちょっと地理の勉強をしましょう」わたしは朗報に浮き浮きして、パソコンの世界地図を開けて娘に言った。「ロシアと国境を接している国はどこ？」

「エストニア、ラトヴィア、リトアニア」とアリーナが国名を挙げた。「ベラルーシ、ウクライナ」

「それにフィンランド」わたしが続けた。「ノルウェー、ジョージア、アゼルバイジャン、カザフスタン、中国、モンゴル、北朝鮮もあるわ」

「どこへ逃げるの？」クリスティーナが話に加わった。

「たぶん、北朝鮮かしら」わたしは冗談めかして言った。みんなで笑った。

「うーん、イランもあるわ」中東の地図を眺めてアリーナが笑いながら続けた。子供を連れて逃げるのは本当の冒険だった。しかし他の解決策はなかった。

「友人の助けが必要ね」わたしが言った。クリスティーナはザフヴァトフ弁護士に電話した。

わたしたちを助け出そうと、ザフヴァトフ弁護士は逃亡計画を極秘に立てはじめた。わたしたちは、自分たちの運命が決まるというのに、まったく蚊帳の外だった。

「リュックサックだけ持っていくんだ」ザフヴァトフが言った。

わたしたちは興奮状態だった。床には、はちきれんばかりに詰まったスーツケースが三つあった。ひとつは巨大なもの。あとの二つはそれよりちょっと小さなもの。許可証、夏物の衣類、冬物、靴……。頭がクラクラした。

「リュックサックだけじゃ無理よ」わたしはザフヴァトフに不満を言った。

ザフヴァトフは、わかったというようにうなずいた。彼は巨大なスーツケースをひっつかむと自分のクルマに積み込んだ。これは、わたしたちの安全が確保され次第、飛行機で送ると約束してくれた。

「さて」とザフヴァトフが別れ際に言った。「ブラブラしてないで、トレーニングだ。国境を非合法に越えるには、体力が必要だよ」

アリーナはランニングを始めた。わたしは自宅軟禁だったので、家のエアロバイクのペダルをこぐしかなかった。ボートでEU諸国を目指すアフリカや中東からの非合法移民の悲惨な光景が頭の中に浮かんだ。

ついに運命の日が来た。金曜の夜、逃亡にはうってつけだった。一週間の仕事が終わる。治安機関の人びとは郊外のダーチャ（別荘）でウオッカとシャシリク（串焼き）三昧だ。今度ばかりは、ロシアの治安機関も司法機関も規律が緩んでいてよかったと思った。休日には間違いなく、誰もわたしを捜しに来ないだろう。捜査官が出勤してくるのは月曜日で、わたしが逃げたという報告を受けて、あわてて全国に指名手配をかけるだろう。少なくとも二日の猶予がある。

ソファーにすわってビデオメッセージを録画した。

「連邦刑執行庁の皆さん、この発信機をプーチンの足首に装着してやってください。社会から隔離すべきはわたしではなくプーチンです。ウクライナ民族の大量虐殺とロシア人男性を大量に殺害していることに対して、プーチンは法の裁きを受けるべきです」

もし万事がうまくいったら、国外からこのメッセージをSNSにアップしようと思った。

時計は二二時三〇分だった。わたしたちはスーツケースを抱えて外に出た。しかしこの時、木戸が開いて庭に母が入ってきた。母は連邦刑執行庁の係官たちよりよほどしっかりとわたしたちを監視していた。

「こんな遅い時間なのに、家のそばに変なクルマが停まってるよ」何か良からぬ匂いを嗅ぎとって母は言った。

とっさに、弁護士のところから書類を届けにきた、というありもしない話を考えついた。娘とクリスティーナはスーツケースを素早く風呂場に隠した。クリスティーナはドライバーに、家から離れて角を曲がったところで待つようにメッセージを送った。

「今じゃおまえも刑事犯だね」母は電子発信機のついたわたしの足をまじまじと眺めた。「おまえが何をやったところで、プーチンはどっちみちウクライナのナチストたちをまとめて殲滅《せんめつ》するさ」

「お母さん、国営メディアの言い分が変わって、ウクライナ人とアメリカ人は世界でいちばんいい人たちだ、って言い始めたら、母さんの考えも変わるかしら?」わたしはまた母を正気に戻そうとした。

けれども母は耳を貸さなかった。大きな音を立ててドアを閉め、行ってしまった。

誰もいないのを確かめると、クリスティーナとアリーナは通りに飛び出し、待機していたクルマに走り込んだ。わたしは黒い野球帽を目深にかぶり、二人の後を追った。荷物をトランクに投げ込み、出発した。追跡を難しくするために、近くの空き地でクルマを乗り換えた。

「緊張していて、発信機を切断して外すのを忘れていたわ」わたしは急に思い出した。

発信機には追跡装置はついていないし、わたしの電子発信機の信号はもう基地局には届いていないが、いますぐこの発信機を外すほうがいい。バッグの底を手で探り、クリームのチューブや香水の小瓶や化粧用オイルなどのなかに、あらかじめ用意しておいたペンチを見つけた。足の発信機を切断しようとした。一回目はうまくいかなかった。プラスチックの中に金属線があった。

「こん畜生！」わたしは必死に叫んだ。

力いっぱいペンチを締めた。金属線が切れた。発信機を外し、思いきり道端に放り投げた。

「自由万歳！」勝ち誇ったようにわたしは叫んだ。

「やったー！」娘とクリスティーナが声を上げた。

ドライバーは何ごとかといぶかしがっていたが、無駄な質問はしなかった。わたしは町外れで二、三分クルマを停めてくれとドライバーに頼んだ。クリスティーナとはしばらくお別れだ。クリスティーナはできるだけ早く、ヨーロッパのわたしたちの元へ、あのスーツケースを持って飛んで行く、と約束した。

クルマは幹線道路を、モスクワから遠くへ、もっと遠くへとわたしたちを運んでいった。

何時間かして、道路に濃い霧が立ち込めてきた。ドライバーはスピードを落とした。娘はわたしの膝に頭を乗せ、わたしたちは不安な眠りに落ちていった。

昼過ぎ、辺鄙《へんぴ》な村で停まった。傾いた家々が、黄色く色づいた木々の向こうに見えた。

「わたしの分担はここまでだ」ドライバーは疲れきって言った。「約束の場所まで連れてきた。別のクルマがここで待ってるはずだ」

この時、曲がり角から灰色のラーダの中古車があらわれ、灰色の埃をまき散らして、わたしの横で停まった。何も言わずにクルマに乗り込み、先を急いだ。

五分後にクルマは開け放たれた門から入っていった。中庭では鎖につながれた大きなシェパードが、わたしたちを見て大声で吠えだした。

「静かに！　仲間だよ」主人が犬を叱りつけた。

犬は黙ると愛想よく尻尾を振り始めた。

「アントンと呼んでくれ」家に入ると、主人は小声で名乗った。「俺があんたたちの案内人だ。暗くなるまで待とう。それから国境を越えよう。多分、一回じゃうまくいかない。でも心配するな。俺はここの人間だ。道は全部知ってる」

わたしは、わかったというようにうなずいた。だがこの先何がわたしたちを待ち受けているのか見当もつかなかった。数時間後、中庭に小型のルノーがやってきた。案内人のアントンが運転手の隣に座り、わたしたちは後部座席に座った。クルマは原野と畑の間を通る細い砂利道を縫うように走った。

　遠くのほうに、道端に停まるクルマのライトが見えた。

「さっさと乗り換えよう」アントンが途切れがちに言った。アントンの緊張がこちらにも伝わった。「もうすぐ国境だ。いちばん難しい所だ」

　アントンはわたしたちの荷物を錆びた自動車のトランクに移し替えた。道の凹凸を跳びはねながら、クルマは枯草の原野をまっすぐに突っ切った。ハンドルを握るのは初老の、綿入れ服を着た男だった。突然クルマのトランクが開いた。わたしの黒いリュックサックが道に転がるのがチラリと見えた。

「停まって」わたしは運転手に叫んだ。

　アントンはクルマから飛び降りるとリュックサックを拾い上げ、トランクを前より強く閉めた。しかしクルマは発進できなかった。泥濘《ぬかるみ》にはまってしまったのだ。横のほうに突然二つのライトがあらわれた。わたしたちの前を横切るクルマのヘッドライトのようだ。

「あと少しだ」運転手はすぐにヘッドライトを消して言った。「国境は遠くない。七〇〇メートルほど先だ。あっちへ走れ」運転手は遠くのほうへ向かって手を振った。あたりは真っ暗だった。

　わたしたちはトランクからリュックサックとスーツケースをつかんだ。そして走った。

「七〇〇メートルほど行けと言われたんだけど」わたしはアントンに確認した。

「もう少しあるな」

突然わたしは深い穴に落ちた。何も見えないが、耕されたばかりの深い畝《うね》が前方にあるのがわかった。多分、つい最近トラクターがここを通り、大きな石を放ったらかしにしたのだ。何歩か進み、わたしたちは足を止めた。

「これ以上、歩けない」アリーナが泣き言を言った。

移動するクルマのヘッドライトが近づいてくる。

「伏せろ。頭を下げて」アントンが命令した。「国境警備兵だ」

なぎ倒されたように地面に伏せた。身じろぎもせずに横たわり、近づいてくるライトをじっと見た。突然ライトは止まり、いま来たほうへ引き返していった。

「トラクターだわ」わたしは言った。

湿った地面から起き上がり、つまずきながら前へ駆けた。

「早く、もっと早く」アントンがわたしたちを急《せ》き立てた。

三〇〇メートルほど進み、息を整えるために立ち止まった。

「ママ、お水ちょうだい」スニーカーの泥を振り落としながらアリーナが言った。

ペットボトルの底に残っていた二口分の最後の水をアリーナにやった。

さらに四時間が経った。この間わたしたちはずっと、トラクターに見つからないように、耕された畑を縫うように進んだ。前方に深い森があらわれ、水平線の左のほうに、村の灯りが見えた。

「アントン、畑の中を、七〇〇メートルじゃなくて、もう五キロは歩いたと思うんだけど」わたしはいぶかしく思って聞いた。

「どこへ連れてきたの？」

「お嬢さん方、頑張ってくれ」苦しそうに息をしながらアントンが小声で言った。

「俺だってキツイんだ。あんたたちのスーツケースを二つ、持ってるんだから。そら、あそこだ」

　アントンは森のほうを指さした。

　けれどもわたしたちは最後の力を使い果たし、アントンの呼びかけに応えることもできず、身動きすらできなかった。

「モスクワに帰して」アリーナがメソメソと言った。「足が痛い」

「もう一歩歩くより刑務所に行くほうがましだわ」内心でわたしは叫んだ。

　頭の中で、最悪の事態を思い描いた。もしわたしかアリーナが闇の中でこのまま足でも折ろうものなら、夜明けまでにはここを抜けられなくなる。そうなれば朝には国境警備兵に捕まってしまうだろう。モスクワでの何不自由ない生活の後でわたしの身に起きたことは、終わりのないホラー映画のようだった。目を覚ませば、すべて消えてしまうように思えた。

アントンが携帯を取り出し、電波を受信しようとした。電波はなかった。

「さあ行こう。この低地から出なきゃ」アントンは言った。

わたしたちは立ち上がり、何度も穴に落ちながら、アントンを追いかけて耕された畑を歩いた。五〇〇メートルほど進んだ時、アントンがうれしそうにつぶやいた。

「電波が届いた！」

アントンはスーツケースを置いて携帯電話をかけた。

「どこだい？　灯りをつけてくれ。見えないよ」アントンは携帯に向かって言った。

森の中は依然として暗闇だった。

「一番明るい、あの黄色い星に向かって歩くんだ。後ろには大熊座の尻尾がある」アントンは顔を空に向けた。「右には二台のトラクターの灯り、左はどうやらもう一台トラクターかクルマだな」

「もうこっちへ向かってる」アントンが小声で言った。

森に近づくと懐中電灯の光が見えた。心が躍り、前方へ突進した。

それから三〇分以上歩いてようやく、わたしたちは黒ずくめの男と合流した。男はわたしたちの荷物をつかむと、しっかりとした足取りで森のほうへ歩いた。

歩きやすくなった。耕作地はようやく終わった。森の中に入ると、泥に足を取られた。

「お嬢さん方、あともう少しで森を抜ける。そうしたら国境だ」男が言った。「ぬかるんでいないところを踏んで歩くんだ。俺が前に行って灯りで照らすから」

歯を食いしばって進んだ。

一時間後、有刺鉄線の鉄柱が行く手をふさいでいた。

「こっちだ」男は小声で言い、有刺鉄線を持ち上げた。

アリーナがうずくまり、最初に穴を通り抜けた。わたしは這ってその後に続いた。有刺鉄線の針が手の平に食い込んだが、強い緊張のためか痛みは感じなかった。

それから五〇〇メートルほど歩くと、森の中の道にボロ自動車が停まっていた。わたしたちは後部座席に倒れ込み、渡されたボトルの水をガブガブと飲んだ……。

「ボスポラス海峡を二回泳ぎ切ったか、ハーフ・トライアスロンをやりきったような気分ね。たぶん人生で最高のトレーニングだったわ」わたしはほろ苦いジョークを言った。

「スーツケースを持って泥の中を走る障害物競走ね」真っ黒な手の平を見てアリーナがこの冒険にコメントした。

わたしたちは笑ったが、引きつったような笑いだった。クルマは村はずれにポツンと立つ一軒家の中庭に入って行った。年配の女性が迎えに出た。わたしたちを一瞥すると、女性は風呂場へ案内してくれた。一時間以上もかけて、わたしたちはスーツケースと靴の泥を落とした。

「ここは危険だ。国境が近すぎる。この村ではみんな顔見知りだからね」アントンが状況を説明した。「何か食べたら先へ急ごう」

外は明るくなり始めた。黒いフォードの後部座席に座ると、あっという間に寝入った。


「着いたよ。ここが終点だ」アントンがわたしたちを起こした。「あんたたちをここへ連れて来るように言われたんだ」

「どういうこと？」わたしは戸惑った。「首都に行くはずなんだけど」

アントンは肩をすくめた。アントンはわたしたちを煉瓦造りの平屋に連れて行き、そこで待つように言った。中にはわたしたち以外にも人がいた。隣の部屋からロシア語が聞こえた。

隣の部屋にはモスクワから来た三人の若者がいた。動員を逃れてきた若者たちだった。アントンは、わたしたちがいるのが三人にバレないように、部屋から出るなと言った。インターネットにはもう、わたしが逃亡したというメッセージがあふれていた。


わたしはインターネットの配車サービスで、わたしたちを首都まで乗せていってくれるドライバーを見つけた。

「もう何台目のクルマだか、わからなくなっちゃった」シルバーのＳＵＶ車に乗り込むと、アリーナが言った。

「七番目のクルマよ。これで最後だといいけど」わたしは言った。

逃亡から三日目、わたしたちは大きな邸宅に着いた。ビデオカメラから顔を背け、急いで中へ駆け込んだ。わたしたちを待ってくれている人たちがいた。そこでようやく、ついに自分たちが保護され、身の安全が完全に確保されたことを感じた。

エピローグ

ロシアの裁判所はわたしの親権を制限した。裁判所の判決には、「母親が政治活動に関わっている」ため、子供は父親と暮らすべし、と書かれていた。判決が上からの指示であることは疑いないと思う。

幸い、この時わたしはすでに、欧州議会がテロ支援国家に指定したロシアの外にいた。わたしはスーツケースをもって小さな空港にいた。わたしたちは、ある国から別の国へと移動するところだった。まだ逃亡の詳細について詳《つまび》らかにすることはできない。しかし、ロシアがプーチニズムの闇を振り払い、再び自由世界の一員となる時、わたしはもっと多くを語ることができるだろうと願っている。

二〇二三年二月一〇日金曜日、黒いクルマはパリの活気ある狭い通りを縫うように走った。わたしたちは〈国境なき記者団〉のオフィスに向かっていた。わたしたちの救出に際して、彼らの支援は限りないものだった。

「マスクをしてください」男性の声がわたしの考え事をさえぎった。「いま凱旋門を抜けますが、別のクルマが待っています」

別のクルマに乗り換え、わたしはまた物思いにふけった。

戦争は二度、わたしの人生を一変させた。まずロシア軍がグローズヌイのわたしの家をこの地上から消し去った。そして今度は、クレムリンは家ばかりでなく、わたしの家族と祖国を奪い去った。しかし一番重要なもの——わたしの自由を奪うことはできなかった。

この戦争がまもなく終わるのか、何がこれからわたしを待ち受けているのか、わたしにはわからない。母や息子と抱き合える日がすぐに来るとは思わないし、あれほど労苦と愛情をつぎ込んで建てた自分の家に帰れるかどうかもわからない。しかし誰も、もう一度自分の心にウソをつき、プーチン体制の数々の犯罪を正当化することをわたしに強いることはできない。

「ママ」娘の明るい声がわたしの重苦しい思いをさえぎった。「前にパリに来た時、わたしがパリ中の噴水に小銭を投げたの、覚えてる？　あの時わたしは、もう一度ここに来られますように、ってお願いしたの」

「モスクワからパリへ直行便で飛んでくるのをお願いしたんでしょう。それが荷物を担いで畑と森と沼を抜ける夜の逃亡劇になっちゃったわね」

アリーナは大きな声で笑った。娘を見て、この娘こそが、前進し、けっしてあきらめないわたしの原動力なのだと思った。ときどきわたしは、娘をこんな試練に遭わせてしまったことで自分を責めることがある。ひょっとしたら、慣れ親しんだ心地よい家庭生活を守るためには、何百万ものロシア人がそうしているように、頭を砂の中に突っ込み、何も恐ろしいことなど起きていないようなふりをしたほうが楽だったのではないかと思う。

しかし、沈黙は犯罪に加担することだ。ウクライナの町にロシアの爆弾が降り注ぐ時、何もしないで黙っていることはできなかった。誰かが立ち上がり、アンデルセン童話のように、大きな声で「王様は裸だ！」と世界に向かって言わなければならなかった。プーチンはプロパガンダ工場、絶対的なウソの工場を自分のまわりに築き上げた。しかしそれは彼が裸であり、救いのない存在であることを覆い隠す張りぼてでしかない。そしてその張りぼてが崩れ落ち、ロシア国民が覚醒する時が来れば、それはとてつもなく恐ろしいものになるだろう。プーチンは国家を裏切り、正常な未来を奪い、ロシアを破滅させたことをロシア国民は悟るだろう。絶え間ないウソや、情報操作、徹底的な偽善こそが、プーチン政治の基盤となっているのだ。

プーチンが立てた戦争目的はいずれも失敗し、ロシアは衰退する経済と悪化する人口動態を抱えた、ならず者国家になってしまった。ロシアはいまや全世界にとって常に軍事的脅威であるテロ国家だ。ロシアに抵抗するために、わたしたちは団結しなければならない。かつて〈ドイツ〉という言葉がゲーテやバッハや偉大な科学者たちではなく、狂気のヒトラーやナチスやホロコーストを連想させたように、現在では〈ロシア〉とつくものはすべて、死と破壊と侵略とウソを想起させずにはおかない。しかもそれは長く続く。

プーチンとヒトラー、現代ロシアと第三帝国の類似はあまりにも明白だ。いまのロシアは一九四四年のドイツとそっくりだ。総統の軍事的敗北は迫っていて、世界が何世紀にもわたって馴染んできたドイツやドイツ文化というものは姿を消していた。ドイツは生まれ変わった。多分ロシアも生まれ変われる。少なくともわたしはそれを強く望んでいる。


わたしたちのクルマはパリ中心部の小さな建物の前で停まった。クリストフ・ドゥロワールと一緒に急な階段を三階に上った。〈国境なき記者団〉のオフィスでは記者たちがわたしたちを出迎えてくれた。数十台のビデオカメラがわたしたちに向けられた。

クリストフがまず話し出した。

「マリーナとお嬢さんの亡命は成功しました。『エヴェリノーヌ』というコードネームで呼ばれた今回の作戦は極秘でおこなわれました。この作戦でわれわれを支援してくれた一人一人に感謝の言葉を捧げたいと思います。残念ながら全員の名前を挙げることはできません。これは、ベルリンの壁を越えたことに匹敵します。電話をくださり、マリーナについての情報を得ようとされた人たちにお詫びします。その時は情報を明かすわけにはいきませんでした。マリーナは一〇月にフランス国内に到着しました。彼女がどこからどのようにフランスに入ったかは話せません。彼女がこちらに来てすぐに、われわれは農村で家を見つけました。その後いくつかホテルを転々としました。医療的サポートをおこない、移送を組織しました。

三月一五日、マリーナが生放送に出た翌日、エマニュエル・マクロン大統領は、オフシャンニコワが政治亡命を希望するなら受け入れる旨を公に表明しました。この約束は守られました。われわれはフランス政府に感謝します。ロシアのプロパガンダに抵抗したマリーナ・オフシャンニコワのような人びとを受け入れることは、フランスにとっての名誉です。

思い返してみましょう。プーチンが権力に就いて以来、三七人のロシアのジャーナリストが殺害され、一九人のジャーナリストが今なお獄中にあり、約二〇〇のメディアが外国のスパイと指定され、七つのメディアが〈好ましくない団体〉とされ、一万のサイトが閉鎖されました」

〈国境なき記者団〉事務局長の精彩を放つスピーチは、わたしに自信を与えてくれた。わたしはマイクを渡され、スピーチを始めた。

「こうして皆さんとお会いしている今日という日は、悲劇の日です。ロシア軍は朝からウクライナ全土を空爆しています。わたしはまず、英雄的ウクライナ国民への最大限の支持を表明したいと思います。この一年、彼らはみずからの大地のために戦い、わたしたちの未来のために戦い、すべての文明世界の未来のために戦ってきました。わたしはウクライナが勝利し、すべての領土を奪回することを願っています。その時初めて、わたしたちは、犯罪的なプーチン政権の崩壊、ロシアのプーチニズムからの脱却、そして文明社会への復帰について話すことができるのです」

次にわたしは、一時間にわたって記者たちのあらゆる質問に詳細に答えた。フランス政府、〈国境なき記者団〉、そして、この困難な時期にわたしと娘を助けてくれた、たくさんの人たちに感謝する。限りない感謝の念で一杯だ。その人びとのことを思うと、微笑みがこぼれる。彼らこそが、悪は勝利しえない、力は光の側にあるのだという、わたしの確信を支えてくれているからだ。

後記

この本は全編、現実にあったことにもとづいている。この本に出てくる人びとは実在するが、何人かの名前は安全を考慮して変更した。

自宅軟禁に置かれ、娘と離れ離れになった時、モスクワで書き始めた。本の骨子は何週間かで出来上がった。わたしは急いでいた。暗雲が垂れ込め、拘置所に送られる可能性があったからだ。ロシアを出て、安全な場所に身を置いてから、興味深い事実やディテールを書き足して完成させた。

＊＊＊

このたいへん困難な時期にわたしを助けてくれたすべての人びとに限りなく感謝します。

フランス政府、エマニュエル・マクロン大統領に。外交的保護と政治亡命の受け入れに対して。

国際組織〈国境なき記者団〉のクリストフ・ドゥロワール事務局長に。奇跡のような救出に対して。

ドミートリー・ザフヴァトフ弁護士の、ロシア官憲と法システムに対する苛烈な闘いに。

多くの問題の展望を再検討するのを助けてくれた、テレビ局フランス24の記者であり作家であるニック・ホールズワースに。

ベルリンでお世話になった〈平和のための映画〉基金のヤーカ・ビジーリ理事長の支援に。

〈ヴェルト・グループ〉、ウルフ・ポシャルト編集長の協力に。

SNSによって支援し、娘を取り戻すために闘ってくれたクリスティーナ・パシコワに。あなたがいなければ、わたしは自宅軟禁の際、餓死していたでしょう。

かつての同僚であるジャンナ・アガラコワに。わたしに素晴らしい人びとを紹介してくれたことに対して。ついでと言ってはなんですが、フランスで美味しいバゲットを選ぶにはどうしたらよいか教えてくれたことに対しても。

NTV創設者の一人であり、占星術師であるソロモン・ソロヴィヨフと、かつてのメディアマネージャーのアレクサンドル・ルドネフに。絶えざるオデッサ的ユーモアとオプチミズムをかきたてる力に対して。

出版エージェントのクリスティーネ・プロスケと、テレビ局STSのかつてのメディアマネージャー、アレクサンドル・コスチュクの、この本の出版への力添えに。

〈女性フォーラム〉広報部長エマニュエル・エッレーラの支援に。

セルゲイ・バダムシン弁護士、アントン・ガシンスキー弁護士、アンリ・ツィスカリシュヴィリ弁護士の法的援助に。

国境の両側に、そしてウクライナやロシアや世界各国にいるわたしの家族、親類、友人に、ありがとう。

危険にさらすわけにはいかないので、多くの方の名前は挙げることができません。でもあなたがた皆を、強く、強く愛しています！

マリーナ・オフシャンニコワはいかにしてロシアを脱出したか（フランス語版序文）

クリストフ・ドゥロワール（国境なき記者団事務局長）

ロシアのテレビ局第一チャンネルに勤務していたジャーナリスト、マリーナ・オフシャンニコワは数ヵ月のあいだ、漠とした灰色の世界で生きていた。それは、公衆の好奇の目やプーチンの魔手が及ばない、現実と非現実のあいだにあるパラレルな世界であった。極秘を鉄則として営まれた非公開の生活だった。警察国家ロシアの監視体制をあざ笑うように、一一歳の娘とともに自宅を抜け出した二〇二二年九月三〇日以降、マリーナ・オフシャンニコワは消息を絶っていた。例外は、自身のテレグラム（メッセンジャーアプリ）・チャンネルに投稿された二つのメッセージであり、そのうちの一つはモスクワを脱出する前に録画されたものだ。

モスクワで自宅軟禁に置かれ、足首に電子発信機を装着させられていたというのに、マリーナは姿を消したのだ。マリーナは誘拐されたのだろうか？　と心配する声があがった。私たちは秘密を守ることを条件に、マリーナのことは心配する必要がない、と何人かの友人に打ち明けた。だが、それ以上のことは何も伝えなかった。私たちには他人を煙に巻く意図などなかったが、マリーナ救出作戦の成功は秘密を守れるかどうかにかかっていたからだ。ジャーナリストたちから「プラカードで有名になった女性ジャーナリストの近況を知っていますか？」といった電話もあった。私たちは「お答えすることはできません」とかわした。

二〇二三年二月一〇日、行方不明となっていたマリーナはパリの中心部にある「国境なき記者団（ＲＳＦ）」本部に姿をあらわし、記者会見に臨んで驚きを与えた。予告されてから四六時間も経っていない会見だった。約一〇〇名のジャーナリスト、世界各国のテレビ局のカメラ数十台が集まった。マリーナは、自分が潜り抜けてきた体験を語ることができるこのときを以前から待ち望んでいた。フランスに入国した直後、イル＝ド＝フランスの田舎にある一軒家で私たちと初めての夕食をともにしたマリーナは、驚くべき旅を無事に終えたばかりだというのに「記者会見はいつなの？明日の朝？」と尋ねて意気込んでいた。

彼女の脱走劇は文字通り尋常ならざるものだった。まるで映画のように。ハリウッドの大ヒット映画でも、これほど波乱万丈な筋書きはそうそうなかった。モスクワからパリまでの紆余曲折に富んだ道中、監視をかいくぐるために警察が油断している金曜の夜に決行した自宅からの脱出、マリーナがペンチで監視装置を壊して外し、道端に捨てたエピソード、映画『コンプロマット』（無実の罪でロシア政府に身柄を拘束されたフランス人の実話をもとにした映画）さながらの国境越え、身の安全のための潜伏生活……、マリーナの自由と命が危険にさらされていた。彼女のロシア脱出は、信じられぬほどスリリングなベルリンの壁を越えての西独への亡命を連想させる。

この脱走劇はどのように始まったのか？　ＲＳＦとマリーナ・オフシャンニコワとの初めての接触が持たれたのは、ロシアのテレビ局第一チャンネルのニュース番組の最中に彼女がプラカードを掲げた日から五日後の二〇二二年三月一九日であった。私たちは暗号化されたメッセンジャーアプリを使って連絡を交わし、私は彼女にＲＳＦの支援を申し出た。マリーナは二〇二二年六月初め、ドイツの日刊紙『ヴェルト』から派遣されて取材に訪れていたウクライナから私たちに助けを求めた。だが、彼女がそのときに直面していた問題は、私たちが介入できるようになる前に解決した。同年九月、司法の場で裁かれることになったマリーナは裁判の数日前にモスクワ脱出の意向を私たちに伝えた。彼女は刑務所に収監されることを恐れていた。

マリーナ救出作戦が困難で危険であることは、最初からわかっていた。成功したのは、大規模な連帯の連鎖のおかげであり、一つ一つの鎖に相当する人びとは一人の女性の自由を守ったことを誇るべきである。マリーナはロシア国内を通過し、国境を越えて欧州領域に抜け出すにあたって、勇気ある友人たちに助けられた。彼女の脱走劇の全容が明かされることは今後もないだろう。この作戦に参加してくれた人びとの安全と、今後も必要になるかもしれない亡命ルートを守るためだ。「友人たち」の名が明かされることはないが、私たちは彼らに謝意を伝えた。ここで私は特に、マリーナの弁護士を務めたドミートリー・ザフヴァトフ、そしてRSFチームの一員であるティボー・ブリュタンに感謝の念を捧げたい。

プーチンを批判する反体制派ナンバーワンであるアレクセイ・ナヴァリヌイは自身の裁判における最後の弁論においてマリーナを称えた。そして、他ならぬウクライナのヴォロディミル・ゼレンスキー大統領も、彼が呼ぶところの「ポスターを手にテレビスタジオに入って来たあの女性」を筆頭に、真実を語るロシア人たちへの感謝の念を表した。マリーナの最初の勇気ある行動の翌日、フランスのエマニュエル・マクロン大統領は、本人が望むのであればフランスは彼女を亡命者として保護する、と約束した。この約束が守られたことはフランスにとって名誉である。フランス当局は、マリーナがフランス国内にいることを承知していた。彼女の入国は受け入れられ、秘密は守られた。

マリーナは今日、何を象徴しているのだろうか？　何億人もの人びとが、「プラカードを掲げたジャーナリスト」を目にした。これはウクライナ・ロシア戦争を語る重要なイメージの一つであり、ロシア側の数少ないポジティブなイメージの一つである。マリーナは、人がプロパガンダ・マシーンから身を振りほどき、離反し、抵抗する可能性を体現している。人は、内側からプロパガンダ・マシーンにゆさぶりをかけ、「ノー」と言い、歴史と現在の事実の歪曲や人心操作に抗うことができる、という証しである。マリーナが、抑圧をますます強めているプーチン体制への抵抗のシンボルとなったのは、自分の自由やおそらくは命までも含め、すべてを犠牲にする覚悟を固めて行動に出たからである（彼女は、どのような運命が自分を待ち受けているか、知る由《よし》もなかった）。

プーチンは、カフカの小説に出てくるような不条理な法律の監獄とおぞましいプロパガンダに自国民を押し込めることだけで満足しようとせず、ロシア国内に最後まで残っていた独立系ジャーナリストたちを弾圧した。彼が権力の座に就いてから、あの有名なアンナ・ポリトコフスカヤと『ノーヴァヤ・ガゼータ』紙の他の五名の記者を含む三七名のジャーナリストが殺された。この本が印刷されている時点において少なくとも一九名の記者が投獄されている。約二〇〇の報道機関が「外国の手先」だと認定され、七つのメディアが「好ましくない」との烙印を押され、一万のウェブサイトが「フェイクニュース」を流した廉《かど》で閉鎖の憂き目に遭い、ロシアによるウクライナ侵略が開始されてから数多くのジャーナリストが国外に逃れている。さらに、この戦争が始まって以来、報道機関に対する犯罪が数十件起きている。

ＲＳＦにとって、マリーナ・オフシャンニコワへの支援は大掛かりな動員作戦の一環に位置づけられる。ＲＳＦはこれまでに、主として行政手続きを助けることで、全部で一五〇名以上のロシア人ジャーナリストの亡命に便宜を図った。私たちがドイツの二つの基金とともに設立した、亡命メディアのためのＪＸファンドは、ロシアの独立系メディア約五〇に資金を提供している。数多くの視聴者を擁するニュースサイト「メドゥーザ」を始めとする二〇のロシア向けウェブサイト、ＲＦＩやフランス24やドイッチェ・ヴェレの国際放送へのロシア国内からのアクセスは、ロシア当局からブロックされていたが、私たちはこれを解除することに成功した。コラテラル・フリーダムと呼ばれる私たちの作戦は、ミラーサイトを作り、ロシア当局がなしで済ませることができないサーバーにこれらのミラーサイトを設置することで、ブロックをかいくぐることができたのだ。

私たちの強い働きかけが実ってフランス国務院が下した決定により、ＡＲＣＯＭ（フランス国内のテレビとラジオを管轄する、政府から独立した行政機関）が通信衛星運営企業ユーテルサットにロシア語によるテレビチャンネルの放映を命じた。それまで、ロシアではプロパガンダが大手を振っているのに対して、ジャーナリズムを実践していたチャンネルはブロックされていたのだ。これは看過できない！ジャーナリズムの独立性と多様性を今でも信じている者にとって、不条理で耐えがたい状況であった。ジャーナリズムを排除してプロパガンダを流す者たちにその手段を提供するとしたら、民主主義国家は生き残ることができない。

同時にウクライナでは、私たちがキーウとリヴィウに設立したセンターが、トレーニングや様々な役務や物品（防弾チョッキ、ヘルメット、サバイバルキット）の提供等を通して、一四〇〇名のジャーナリストを支援している。直近では、発電機やバッテリーの支給もおこなっている。私たちはまた、四〇を超すウクライナの報道機関に補助金を支給し、ジャーナリストに対する犯罪を国際刑事裁判所とウクライナ司法当局に告発し、独自に調査をおこなってジャーナリスト殺害の実態を明らかにした。

マリーナが自宅を脱出した夜、私たちはこの作戦の成功を確信していなかった。スリリングな国境越えが首尾よく終わるかどうかもわからなかった。失敗に終わる理由は山のようにあった。秘密が漏れる危険もあった。しかし、誰一人としてマリーナを裏切らず、幸運の女神は私たちに微笑んでくれた。マリーナは自由を選んだ。彼女が自宅や自家用車や家族の一部を失ったことは確かだ。しかも、言葉を話せない異国で人生をやり直さねばならない。だが、同じ立場だったら散々迷った挙句に行動に出ることを諦める理由を見つける人もいただろうに、彼女は電光石火のごとくに決断を下し、すべての障碍を乗り越えた。これからも新たな障碍が彼女の行く手を阻もうとするだろう。だが、肝心なのは行動に出ることである。

（神田順子　訳）

解説——弾圧下のロシアメディア

小柳悠志（東京新聞・中日新聞　元モスクワ支局長）

「戦争の最初の犠牲者は、真実である」という古典的な警句がある。二〇二二年二月二四日、ウクライナ侵攻が始まると同時に、ロシアで表現の自由が死んだ。

「人を殺すな！」と街で声を上げれば、警官に殴られる。「平和を！」と言っても捕らえられる。ＳＮＳで反戦を訴えれば、通っている大学を追われたり、職場を解雇されたりした。

プーチン大統領は同年三月四日、ロシア軍に関する「虚偽の情報の流布」や「信用を貶める活動」を禁じる改正法案に署名し、ウクライナ侵攻についてロシア系住民を保護する「特別軍事作戦」と呼ぶようメディアに強制した。「戦争」「侵攻」といった語彙をなくし、政府の公式情報のみを報じるよう命じた。欧米主要メディア一四社が、危険を察知してロシアから脱出した。私たちモスクワ駐在の日本メディアは、取材の一時停止を表明したり、特派員の署名を消したりしたのもその頃である。

ロシア国民は、ウクライナ侵攻を別の言葉に言い換えた。「目下の難しい状況」や

「SVO（特別軍事作戦の略語）」といった表現が流行った。ささやかな反抗は、もっぱら街の細部に宿った。平和を願う緑のリボンが公園の木々に躍り、電柱に白い鳩とオリーブの葉が描かれた。ただ、いちばん叫びたい言葉は、誰も公の場で口にできなかった。

だからこそ、三月一四日の夜、「NO WAR」と書かれた紙を持った女性——本書の著者であるマリーナ・オフシャンニコワ——が、政府系テレビ局「第一チャンネル」の生放送に乱入したときは驚いた。「戦争をやめろ」という当たり前の主張が、お茶の間に流れたのである。

マリーナ・オフシャンニコワのスタジオ乱入を一面で報じた独立系新聞『ノーヴァヤ・ガゼータ』は、「戦争」を指す英語やロシア語の単語にモザイクを掛けることで、政権による言論封殺を揶揄した

オフシャンニコワは日本や欧米で英雄視された。一方、ウクライナでの評判は芳しくなく「FSB（ロシア連邦保安庁）のスパイ」との罵詈雑言《ばりぞうごん》すら浴びせられた。ロシアのリベラル派の間でも、オフシャンニコワの主張に興味を持つ人は少なかった。保守的な市民からすれば、西側諸国におもねる「裏切り者」だった。

オフシャンニコワは、なぜ戦争当事国で冷たい目で見られるのだろう。

まず、御用メディアで長年働いてきたジャーナリストの「改心」が、胡散臭さを伴ってしまうのは否めない。オフシャンニコワはこうした批判を十分に自覚し、番組への乱入が幼い頃の体験と正義感からなされたと説明している。プーチンに対する違和感を抱えつつ、第一チャンネルで働くことに葛藤もあったのだろう。彼女が明かす半生は、ソ連崩壊後に混乱を極め、新たな指導者プーチンを中心に強国を目指すロシアの軌跡と一致する。国が経済的な豊かさを得る過程で見過ごされてきた影が、本書のテーマとなっている。

興味を惹くのが、オフシャンニコワが幼い頃、ロシア南部のチェチェンに暮らしていたことだ。イスラム教徒のチェチェン人が暮らすこの地域は、ロシアにとって帝政期から火薬庫だったが、ソ連崩壊前後から分離独立運動が燃え上がり、オフシャンニコワと母親は難民となる。

本書で、チェチェン戦争が何度も言及されるのは、故なきことではない。チェチェン問題は、プーチン体制の原点であり、ロシア現代史の暗部であり、「自由な報道」

を守れるかどうかの分岐点だったからだ。

一九九九年、諜報機関のFSB長官を経て、エリツィン大統領から首相に任命されたプーチンは、モスクワなどで起きた集合住宅の爆破事件を「チェチェン分離独立派によるテロ」と断定し、掃討のための軍事作戦に乗り出した。反チェチェン感情を抱くロシア国民は「強いリーダー」の出現に熱狂し、無名だったプーチンは翌年の大統領選で初当選を果たす。

プーチン流の「テロとの戦い」は、いくつもの問題を孕んでいた。まず、各地の集合住宅爆破が、自作自演ではないかという疑惑が持ち上がった。プーチンとFSBは「チェチェン人によるテロ」と見せかけて、無差別に市民を殺し、戦争の口実を得ようとしたのではないか……。そんな噂が広まった。リャザンの街では集合住宅に時限爆弾を仕掛けるFSB工作員を警察が見つけた。プーチンは大統領選前のインタビューで「FSBが自国民を殺すなど馬鹿げている。考えるだけでもモラルに反する」と関与を否定したが、公に説明を求められるほどの重大疑惑だったのである。

チェチェンでは、ロシア軍人が、住民を虐殺し、略奪し、女性を暴行した。ロシアの独立系新聞『ノーヴァヤ・ガゼータ』のポリトコフスカヤ記者は、軍の悪行を世界に向けて報じたが、二〇〇六年一〇月七日にモスクワの集合住宅内エレベーターで銃殺された。実行犯は捕まったが、指示役は不明のまま。暗殺の日はプーチンの誕生日だったため、側近からの「プレゼント」と目された。

一連の住宅爆破は「ＦＳＢの犯行」と主張していた元ＦＳＢ職員リトヴィネンコも亡命先のイギリスで、放射性物質ポロニウム２１０によって毒殺された。ロシア社会では「政権は国家の目標達成のためなら人を殺す」との疑念が広がり、人びとは政治批判を避けるようになった。二〇一五年二月には、野党指導者ネムツォフがクレムリン近くの橋で殺された。そして二〇二四年二月、ネムツォフ亡き後、最大の野党指導者というべきナヴァリヌイも北極圏の収監先で死んだ。

「戦争の最初の犠牲者は、真実である」という警句が正鵠《せいこく》を射ているならば、ロシアにおける「真実」は、プーチンが登場した第二次チェチェン戦争の頃から殺され始めていたことになろう。

西側諸国で「独裁者」と揶揄《やゆ》されるプーチンだが、エリツィン大統領の後継者になったときは権力基盤は弱かった。オリガルヒと呼ばれる新興財閥の政商たちは、お抱えのテレビ局を通じてライバルの蹴落としに明け暮れていた。よく言えば「言論の自由」があり、悪く言えば「メディアを使った抗争」が繰り広げられていた。

プーチンも無関係ではなかった。ＦＳＢ長官時代には、エリツィンの失脚を狙う検事総長のセックススキャンダルを暴露し、エリツィンの取り巻きからの信頼を得た。

今でこそ「皇帝」さながらに振る舞うプーチンだが、もとはゴシップネタで権力中枢に食い込もうとする一役人だった。

プーチンは二〇〇〇年に初めて大統領に就任した直後、オリガルヒのグシンスキーが率いるメディアグループ〈メディア・モスト〉の強制捜査に着手した。別の有力なオリガルヒ、ベレゾフスキーも、政府系のテレビ局ORT（現・第一チャンネル）の経営から排除され、同氏が実権を握るテレビ局TV6の放送免許も二〇〇二年に取り消された。プーチンがメディアを完全に国家の管理下に移すのは、チェチェンなどの「不都合な真実」に蓋をし、政敵に足をすくわれないためだった。

一九九一年のソ連崩壊と、続くロシア経済の混乱は、日本でも広く知られていよう。国営企業の民営化に乗じて富を蓄えたオリガルヒは嫌われた。国民は政争から生まれる「自由な批判」よりも、強い指導者の下での「安定」、そして日々のパンを求めた。プーチンの劇場型「オリガルヒ退治」は支持された。結果、ロシアは不幸にも市民社会が成熟しないまま、官製メディアが影響力を振るうことになったのである。

メディア支配は、報道のコンテンツの細部にまで及んだ。大統領府でイデオロギー担当だった高官スルコフは、国営・政府系メディアを通じてプーチンを礼賛し、世論を誘導した。プーチンの不興を買った知事は更迭され、政権与党による議会支配が進んだ。体制の安定が極端なまでに優先され、大衆がプーチンを畏敬する非欧米型の民主主義モデル――スルコフ自身の言葉によれば「主権民主主義」――が構築された。

二〇一〇年に独立系テレビ局ドーシチが設立され、ロシアのリベラル派や欧米から広く支持されたが、ウクライナ侵攻後は政権に活動を禁じられている。

オフシャンニコワは、国営メディアに勤める夫が政権のイデオロギーに染まったことにも触れている。夫は、ロシアを「ユーラシアの盟主」とする哲学者ドゥーギンの思想に心酔し、「大国復活」を志向する言説「ルースキー・ミール（ロシア世界）」を信じ込んだ。プーチン政権下で発信される時代錯誤の神話は、かくして国民の思考を蝕んでいった。元ロシア下院議員でジャーナリストのヤコベンコによれば「プロパガンダはロシア国民の間で眠っていた『帝国症候群』を呼び覚ました」のだという。

オフシャンニコワが、ジャーナリストとしての正義感と御用メディアの職務に引き裂かれつつも、プーチン礼賛の片棒を担いできた事実は否めない。彼女はナヴァリヌイが呼びかける反体制運動や二〇一四年のクリミア半島併合に触れているが、十分とは言えない。実際には二〇二〇年頃からロシアの政治状況は異常さが増し、本書に記される以上にリベラル派への弾圧が吹き荒れていた。

プーチンが事実上の「終身大統領」になるための憲法改正が、正当な改憲プロセスを経ず強行された。最高学府「高等経済学院」でリベラル派教員が大量に解雇された。新型コロナウイルス流行を理由にデモが禁じられた。軍事機密を漏らしたとして国家反逆罪でサフロノフ記者が起訴された……。侵略戦争まで、あと一歩だった。

二〇二一年末、『ノーヴァヤ・ガゼータ』のムラトフ編集長は、ノーベル平和賞の受賞に際して「民主主義への信頼が失われれば、独裁が待つ。その先にあるのは戦争だ」と、ウクライナ侵攻の可能性を公言した。当時、ロシア軍がウクライナ国境に兵力を集中させ、アメリカ政府が「ロシアによる侵攻の可能性」を指摘していたが、多くのロシア専門家は半信半疑だった。ムラトフの予言は、プーチニズムを知り尽くし、過去に記者とスタッフ計六人を殺された新聞社ならではの確信だった。

平和賞決定の日、『ノーヴァヤ・ガゼータ』の編集局に詰めかけたわれわれ記者に対し、ムラトフは言った。「独立系メディアにはまだ可能性が残されている。私たちの新聞社にも、インターンシップを希望する若者が行列をなしている」と。

プーチンの子飼いで、チェチェン共和国首長のカディロフの重婚問題をスクープした独立系メディアの女性記者マリア・ジョロボワにも話を聞いたことがある。「命を狙われても怖くないのか」と私が問うと、すぐ答えが返ってきた。「政権は記者を脅せば、都合の悪い記事を止められると勘違いしているが、私は記者以外の何者にもなれない。世の不正義を伝えるために生きている」

そう、ロシアは決してジャーナリズム不毛の地ではないし、気骨のジャーナリストは大勢いる。

最後に、ウクライナ侵攻がロシアでの情報統制に端を発するとの見方を紹介したい。

侵攻長期化が見え始めた二〇二二年三月一〇日頃、プーチンにウクライナ情勢を報告していたFSBの対外諜報部門トップらが自宅軟禁の処分を受けたとの報道が相次いだ。プーチンが信頼するFSBが「キエフはすぐ陥落する」「ウクライナ国民は花束でロシア兵を迎える」などと楽観的な報告書を上げたために、プーチンが侵攻を決めたとの説だ。私も内情に詳しい諜報機関の関係者らに取材したが、確度が高い開戦説だった。

プーチンは、FSBがカネで買った誤情報を根拠に「ほぼ無血でキエフに入城できる」と信じていたのだろう。自国のメディアをたたきつぶし、諜報機関の情報に頼る彼にとって、客観的な分析を得る手段は限られていたのだから。

オフシャンニコワは本書でプーチンを「裸の王様」と呼ぶ。絵本の世界であれば「ヒントと教訓」が詰まったおとぎ話として終わっただろう。だが、現実には数十万の人々が死傷し、「王様」は世界最多の核弾頭を持つロシアを統治し続けている。四半世紀にわたって自由な報道が殺され続けてきた代償はあまりに大きかった。

多様な意見を戦わせ、客観的に伝える新聞やテレビがなくなった国が、どのような結末を迎えるのか、ウクライナ侵攻はその極限の姿を示した。オフシャンニコワの告白を通して私たちは改めて考える必要があろう。メディアが「社会の公器」と呼ばれるその理由を。

訳者あとがき

ウクライナ戦争が始まって間もない二〇二二年三月一四日、ロシアのニュース番組の生放送中に、突然一人の女性が「戦争反対！」と書いた紙を広げてニュースキャスターの後ろに立った。わずか六秒間の映像だったが、衝撃的だった。その映像は瞬く間に世界中に流れた。

本書は、その女性、マリーナ・オフシャンニコワが、なぜ、どんな思いを込めてあのような思い切った抗議行動に出たのか、そしてその後も戦争反対を唱え続けるなか、どのような運命が彼女を待ち受けていたのかについて語った記録だ。

当初、英語版を元に、倉嶋雅人さんによって翻訳が進められた。しかし、その後、著者側の意向も受けて、あらためてロシア語版からの翻訳に切り替えた経緯がある。

フランス語版との異同や、訳文の語句の修正には神田順子さんのご協力を得た。神田さんにはまた、フランス語版への序文として書かれた〈国境なき記者団〉のクリストフ・ドゥロワール事務局長の一文を訳していただいた。その内容からも明らかなように、オフシャンニコワのロシアからの脱出は、〈国境なき記者団〉による極秘の全面的バックアップがあって初めて実現したものである。

英語版、フランス語版には、それぞれ削除や加筆された箇所があるが、訳出については、ロシア語版を元に訳者が適宜、判断した。

また、オフシャンニコワの抗議行動とその後の推移をより良く理解するためには、プーチン政権下のロシア政治、社会事情の背景についての説明が必要なことから、東京新聞・中日新聞モスクワ支局特派員として二〇二三年五月までモスクワで取材を続けた小柳悠志さんに解説を執筆いただき、さらに本文への注の作成をお願いした。

ウクライナの地名は、現在の日本では、キーウ、ハルキウ、オデーサなど、ウクライナ語での呼び方が一般的となっているが、亡命するまでロシアで生活していたオフシャンニコワの周囲では、ウクライナの地名や人名をロシア語で呼ぶことが通常であることから、文中では、基本的にキエフ、ハリコフ、オデッサなどの表記とした。

さらに、ここにお名前を挙げることはできないが、祖国の行く末を案じる一人のロシア人女性には、企画のスタートから面倒をみていただいた。

この企画のプランナーであり牽引役である編集者の赤羽高樹さんと、出版までの道のりで的確な采配を振るわれただけでなく、章立てや語句にいたるまでこまやかな配慮をいただいた講談社企画部ノンフィクション編集チームの田中浩史さんには心からの感謝を申し上げる。

武隈喜一

マリーナ・オフシャンニコワ

一九七八年、ロシア人の母とウクライナ人の父の間に生まれる。生後まもなく父親は死亡。母親の仕事の関係でチェチェンのグローズヌイに六歳から一六歳まで住んでいたが、九四年の第一次チェチェン紛争により難民となる。大学卒業後、地方テレビ局の記者およびニュースキャスターとして働き、二〇〇三年以降は第一チャンネルでニュース編集者として活動。ロシアのウクライナ侵攻後の二〇二二年三月一四日、ニュース番組の生放送中に反戦ポスターを掲げて乱入、彼女の抗議は全国的なスキャンダルと世界的な反響を巻き起こした。彼女は告発され自宅軟禁されるも、娘を連れて国外脱出を果たす。その後、ロシアの裁判所は彼女に対し欠席裁判で「ロシア軍に関する虚偽の情報を拡散した罪」で八年六ヵ月の懲役刑を下す。

武隈喜一（たけくま きいち）

一九五七年、東京都生まれ。上智大学外国語学部ロシア語学科、東京大学文学部露西亜文学科卒業後、出版社、外国通信社を経てテレビ朝日入社。一九九四〜九九年モスクワ支局長、二〇一二〜一三年北海道大学スラブ研究センター客員教授、一六〜二一年、テレビ朝日アメリカ社長。著書に『黒いロシア 白いロシア――アヴァンギャルドの記憶』『マンハッタン極私的案内』『絶望大国アメリカ――コロナ、トランプ、メディア戦争』（いずれも水声社）、訳書に『ロシア・アヴァンギャルド　テアトルⅠ　未来派の実験』『ロシア・アヴァンギャルド　テアトルⅡ　演劇の十月』（ともに浦雅春・岩田貴共編・訳、国書刊行会）など。

片岡 静（かたおか しずか）

英語、フランス語、ロシア語などの翻訳・通訳者で、複数言語の比較チェッカーもつとめる。

2022年《ねん》のモスクワで、反戦《はんせん》を訴《うった》える

二〇二四年五月七日　第一刷発行

著者　マリーナ・オフシャンニコワ

訳者　武隈《たけくま》喜一《きいち》・片岡《かたおか》静《しずか》

発行者　森田浩章

発行所　株式会社 講談社
東京都文京区音羽二-一二-二一　〒一一二-八〇〇一
電話　編集 〇三-五三九五-三五二二
　　　販売 〇三-五三九五-四四一五
　　　業務 〇三-五三九五-三六一五

ブックデザイン　ニマユマ

印刷所　株式会社新藤慶昌堂

製本所　株式会社国宝社

ISBN978-4-06-535905-1　294p　19cm